千只鹤

[日] 川端康成 著

朱娅姣 译

南方传媒　花城出版社

馌工厂

千只鹤

[日] 川端康成 著

朱娅姣 译

SPM
南方传媒　花城出版社

中国·广州

图书在版编目（ＣＩＰ）数据

千只鹤 /（日）川端康成著；朱娅姣译. -- 广州：花城出版社，2024.4
ISBN 978-7-5749-0004-2

Ⅰ．①千… Ⅱ．①川… ②朱… Ⅲ．①中篇小说－日本－现代 Ⅳ．①I313.45

中国国家版本馆CIP数据核字（2023）第167085号

出 版 人：张 懿
项目统筹：陈宾杰 蔡 安
责任编辑：李珊珊
责任校对：梁秋华
技术编辑：凌春梅 林佳莹

书 名	千只鹤	
	QIAN ZHI HE	
出版发行	花城出版社	
	（广州市环市东路水荫路11号）	
经 销	全国新华书店	
印 刷	天津丰富彩艺印刷有限公司	
	（天津市宝坻区新开口镇产业功能区天源路6号）	
开 本	889 毫米×1194 毫米　32 开	
印 张	8　1插页	
字 数	140,000 字	
版 次	2024 年 4 月第 1 版　2024 年 4 月第 1 次印刷	
定 价	39.80 元	

如发现印装质量问题，请直接与印刷厂联系调换。
购书热线：020-37604658　37602954
花城出版社网站：http://www.fcph.com.cn

川端康成 ┃ かわばた やすなり

1899.6.14—1972.4.16

1899 年 6 月 14 日^①，川端康成生于大阪市北区。父亲名叫荣吉，是个开业医生，爱好汉诗文、文人画。母亲阿源，是黑田家出身。川端康成是家中长子，他有一个姐姐，名叫芳子。传说川端家是从北条泰时的时代传承下来的，川端自己也在文章中提到过，家里有将北条泰时尊为始祖的族谱，不过他也说道，这种族谱中的始祖大多是后人牵强附会而成，不可轻信。

　　川端康成的童年是不幸的，他的父亲在他刚满一岁零七个月时就因肺结核去世，第二年母亲也因感染结核病而辞世。1909 年，川端康成 10 岁，姐姐芳子患热病，并发心脏麻痹而死，姐姐的去世也意味着川端康成与世界又一

---

① 　川端康成自写年谱为 6 月 11 日出生。

个联系被病痛切断了。

失去双亲后，川端康成被 62 岁的祖父和 64 岁的祖母收养，三人一起生活。但好景不长，等到川端康成小学一年级那年，祖母也去世了。后来，和川端康成相依为命的祖父也在 74 岁时辞世，那段日子，川端康成目睹了祖父临终时的样子，后来他写下了《十六岁的日记》，将祖父弥留之际的情况如实地记录下来。在这部有着"私小说"风格的作品中，看不到川端康成对祖父的爱，他冷眼观察着祖父，以冷静的笔触写下祖父走向死亡的路程。他还写了《拾骨》《参加葬礼的名人》《向阳》等写生式作品，记录了有关祖父病逝前后的事情。就这样，这位"参加葬礼的名人"又变成孤身一人了。

大概是年少的经历促成了川端康成敏锐纤柔的性格，这使他很早就在写作上表现出过人的才华。7 岁时，川端康成考入大阪府三岛郡丰川普通小学。虽然他因体弱多病而经常缺课，但他的学业成绩优秀，作文在全班首屈一指。1912 年 4 月，川端康成以第一名考入大阪府立茨木中学。14 岁那年，他升中学二年级，已经将成为一个小说家作为自己的志向。他博览各种文艺杂志，尝试写新体诗、短歌、俳句、作文等，并装订成册，题名为《第一谷堂集》《第二谷堂集》。他的题为《滴雨穿石》的作文还保存了下来。

祖父去世同年的 9 月，川端康成由西成郡丰里村母亲娘家黑田秀太郎收养。1915 年，他开始过宿舍生活，经常

出入学校附近的书店。他的读书范围非常广泛，从白桦派到谷崎润一郎、上司小剑、德田秋声、《源氏物语》、《枕草子》等，外国作家如陀思妥耶夫斯基、契诃夫、斯特林里堡、阿尔志跋绥夫等的作品。川端康成如饥似渴地阅读着这些文学作品，让自己在天赋的领域里遨游。

1916年春天，川端康成开始给当地的小周刊《京阪新闻》投稿，发表了《致H中尉》《淡雪之夜》《紫色的茶碗》《电报》等短文。从此时到进入大学之前，他还写了一篇追悼辞世的英语教师仓崎仁一郎的作文《肩扛恩师的灵柩》和一篇小说《千代》，分别发表在大阪《团栾》杂志和第一高等学校的《校友会杂志》6月号上。

1920年，川端康成从第一高等学校毕业。同月，进入东京帝国大学文学系英文学科。是年伊始，除了读日本作家的作品之外，还广泛阅读了包括森鸥外翻译的《各国故事》在内的翻译作品。1921年2月，第六次《新思潮》发刊。4月，川端康成在第二号上刊载了《招魂节一景》，获得菊池宽以及各方面的好评。是年秋天到冬天，川端康成与本乡一家咖啡馆的女招待伊藤初代恋爱、订婚，最后这段感情以撕毁婚约作结。基于这种体验，他写了《南方的火》《篝火》《非常》《她的盛装》《暴力团一夜》《海的火祭》等作品。这期间，他一度住在浅草，在菊池宽家里，经菊池介绍认识了芥川龙之介、久米正雄和横光利一。同年12月，川端康成在《新潮》杂志上发表了《南部氏的风格》（评《湖水之上》），第一次获得了稿酬。1922年2月，他开始写文艺月评《本月的创作界》。6月，从英文学科转到国文学科。自4月至6月，以千代事件为素材写了《新晴》。这年夏天，川端在伊豆汤岛，写了《汤岛的回忆》，这部作品未经发表，成为后来的《伊豆的舞女》和《少年》的雏形。在此期间，他还翻译了许多外国作品。1923年，他发表了《林金花的忧郁》（1月）、《精灵祭》（4月）、《参加葬礼的名人》（5月）、《南方的火》（7月）等作品。

1924年3月，川端康成从东京帝国大学国文学科毕业。他非常热心于文艺事业，毕业当年7月，他同当时的新进作家们筹备创刊同人杂志，由他起名为《文艺时代》，他们以《文艺时代》为阵地发起新感觉派运动。是年，川端发表了《篝火》《非常》以及第一部长篇小说集。此后，他又与横光利一等人成立了"新感觉派电影联盟"，拍摄川端唯一一部电影剧本《疯狂的一页》。这部影片被评定为该年的优秀影片，获得了全关西电影联盟颁发的奖牌，但是商业性上映则是失败的。1927年3月，金星堂出版了川端的第二部作品集《伊豆的舞女》，这篇由川端康成以其自身经历创作的中篇小说在他生前共拍了五次电影。此后，他更是创作不断，发表了诸多优秀的作品。其中，于1937年发表的《雪国》，1952年发表的《千只鹤》，1962年发表的《古都》等，都是译介到国外最多，让读者耳熟能详的作品。

川端康成在文学上的造诣是不容小觑的。1960年代，他曾8次被推荐进入诺贝尔文学奖名单，最终于1968年以《雪国》《古都》《千只鹤》三部代表作获得诺贝尔文学奖，成为首位日本人诺贝尔文学奖得主，也是继泰戈尔之后第二位获奖的亚洲作家。他的作品中对爱情、死亡的阐释，悲观与虚无的氛围，清新秀丽的语言风格，将传统意象赋予新的含义的灵动，为日本文学之美增添了浓墨重彩的一笔。

　　1972年4月16日，川端康成突然采取口含煤气管的自杀方式离开了人世。5月27日，由治丧委员会长芹泽光治良主持，在青山斋场举行了日本笔会、日本文艺家协会、日本近代文学馆"三团体葬"。由今东光赠予戒名："文镜院殿孤山康成大居士"。9月起，日本近代文学馆主办的"川端康成展——其艺术与生涯"，在全国各地巡回展出。10月，创设了财团法人"川端康成纪念会"，理事长井上靖。11月，日本近代文学馆内开设"川端康成纪念

室"。这位日本文学界的"泰斗级"人物，以如此仓促的
方式离开人世，未留下纸质遗书。不过，他的遗言早在十
年前就已经宣告给世界。

"自杀而无遗书，是最好不过的了。无言的
死，就是无限的活。"

目录
CONTENTS

千只鹤

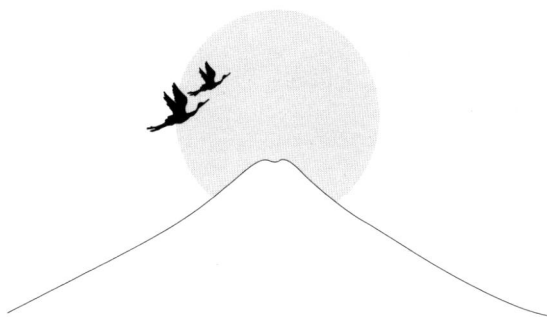

千只鹤

一

自打迈进镰仓圆觉寺院内，对于是否要去参加茶会，菊治始终犹豫不决。他已经迟到了。

只要栗本近子在圆觉寺深处的茶室里举办茶会，菊治就会收到请帖。不过，父亲去世后，他一次也不曾去过。他对此不屑一顾，认为这请帖不过是一种顾及亡父情面的礼节罢了。

然而，这次的请帖上附着这么一句：我有个女弟子，是位大家闺秀，希望你能见见她。

读罢请帖，菊治想起近子身上那块痣。

大概八九岁的时候吧，父亲带菊治到近子那儿去，近子正跪坐在茶室里，袒胸露乳，用小剪子剪痣上的毛。痣长在左侧乳房上，占了半边面积，直扩展到心窝处，手掌大小。那块黑紫色的痣上似乎长着毛，近子正在用剪子剪掉它。

"呀，少爷也一道来了？"

近子吃了一惊，本想合上衣襟，不过，或许是觉得慌张掩饰反倒不妙，便稍稍动了动膝盖，转过身，慢悠悠地将衣襟掖进腰带里。

之所以吃惊，似乎并不是因为看到菊治的父亲，而是因为看到了菊治。女佣到正门去迎接二人，近子自然知道来人是菊治的父亲。

父亲没有进茶室，而是坐在隔壁房间里。这个房间，如今是茶道教室。

父亲边观赏壁龛里的挂轴边漫不经心地说："给我来碗茶吧。"

"好。"

近子应了一声，却没有立即站起身。

那些毛掉落在近子膝头的报纸上，像男人的胡须一样。这一幕，菊治全都看在眼里。

分明是大白天，老鼠竟在天花板上跑来跑去。靠近廊台的桃花正在盛放。

在炉边坐下点茶时，近子仍然带着一丝茫然的神色。

此后，过了十来天，菊治听见母亲对父亲说，"就因为胸前长了块痣，近子才没有结婚"，俨然发现了什么惊人的秘密。母亲以为父亲不知道。母亲似乎很同情近子，摆出一副怜悯的表情。

"哦，嚯。"父亲做半惊讶状，随声附和，"不过，让丈夫看见又有什么关系呢。只要婚前告知过对方不就行了？"

"我也是这么说的呀。可是，女人有女人的苦衷。'我胸前有块很大的痣'这种话，女人没法开口。"

"她又不是小姑娘。"

"终究难以启齿嘛。换成男人，就算婚后才发现，没准儿也能一笑置之，可她……"

"这么说，她让你看那块痣了？"

"怎么可能！净说傻话。"

"只是口头聊啊。"

"今天她来上课时，我们聊了很多话题，她这才肯坦白告诉我。"

父亲沉默不语。

"就算结了婚，男方会怎么想呢？"

"怪恶心的，会觉得不舒服吧。不过也难说。说不定这秘密会变成一种乐趣，一种魅惑。正因是个短处，或许能引出其他长处来呢。其实，这也算不上什么大毛病。"

"我也安慰过她，说这不是毛病，可她说，问题是，这块痣长在乳房上。"

"唔。"

"一想到生了孩子以后要喂奶，她就觉得，这事叫人痛苦。就算丈夫不介意，也得为孩子着想吧。"

"意思是，有块痣，奶水就出不来？"

"不是。她说，孩子吃奶时，让孩子看见这痣，多痛苦啊。我倒是没想到这一层。不过，设身处地地想一想，是会考虑很多嘛！婴儿自出生之日起就要喂奶，能看清东西时，第一眼瞧见的，就是母亲乳房上这块丑陋的痣。孩子对这个世界的第一印象、对母亲的第一印象，就是乳房上有块丑陋的痣——这件事会深深伴随孩子的一生啊！"

"唔。不过，这也太多虑了，何苦呢。"

"话说回来，给孩子喝牛奶或请个奶妈，不也行吗。"

"只要能出奶就行，乳房上长块痣不要紧。"

"倒也不是这么说。听她讲完之后，我都哭了，心想，有道理。换成咱们家菊治，我也不愿意让他喂有块痣的乳房啊。"

"那是。"

对佯装不知的父亲，菊治感到义愤填膺。连菊治都看见近子的痣了，父亲竟无视此事，他对这样的父亲同样感到厌恶。

可如今，事隔二十年后回顾起当年父亲的表现，菊治想，他肯定也很尴尬吧。菊治不禁苦笑一声。

此外，菊治十来岁时时常回想母亲那段话，一想就心惊肉跳，担心自己是不是还有吃了长痣的奶长大的、同父异母的弟弟或妹妹。

菊治不仅害怕外头有自己的异母同胞，更害怕这样的孩子。他不禁这样想：吃大块痣上长毛的奶长大的孩子一定很可怕，像恶魔一样。

幸亏近子没生孩子。往坏了想，或许是父亲不让她生。痣和婴儿的事使母亲流了泪，这恐怕是父亲说服近子的手段。总之，不管在父亲生前还是在他死后，都没见过近子有孩子。

菊治和父亲一起看见那块痣后，没过多久，近子就跟母亲坦白了这件事，大概是琢磨着得赶在菊治告诉母亲之前先下手为强吧。

近子一直没结婚。那块痣，莫非真的控制了她一生？

不过，菊治从未忘记那块痣，因此，很难说那块痣不会在某处同他产生命运般的牵连。

看到近子想借茶会一事让自己见见某位大家闺秀，菊治眼前又浮现出那块痣。他忽然想到，既然是近子介绍的，总该是个毫无瑕疵的、肌肤如玉的小姐吧？

父亲会不会偶尔用手指把玩并观赏近子胸前那块痣？说不

定，还会咬它呢。菊治曾这样幻想过。

就算是眼下，走在寺院庭院里听鸟儿啁啾，那种幻想依然在脑中掠过。

不过，自从被菊治看到那块痣后，两三年过去了，不知怎的，近子竟变得十分男性化。现在，她完全是个气质中性的人。

今天的茶席上，近子也会利利索索地施展她的本事吧。或许，那长着痣的乳房已经干瘪了。想到这儿，菊治松了口气，刚要发笑，这时，两位小姐从身后急匆匆地赶了上来。

菊治停住脚步给她们让路，并探询道："请问，去栗本女士的茶会，是走这条路吧？"

"是的。"

两位小姐同时回答。

就是不问，菊治也知道路该怎么走。看她们穿的和服，亦能做出判断。不过，他想明确告知他人自己将要赶赴茶会，这才开口询问。

其中一位小姐很漂亮。她拿着一个粉红色绉绸包袱布裹着的小包袱，上面绘着洁白的千只鹤。

二

进茶室前，两位小姐要更换二趾袜。这时，菊治也到了。

菊治站在小姐们身后，瞧了一下屋里的情况。房间约莫八叠①大小，人们几乎膝盖碰膝盖地并排坐着。都是些身着华丽和服的人。

近子眼尖，一眼就瞧见了菊治。她立刻起身走过来。

"哟，请进。稀客呀！欢迎光临。请从那边上来，不碍事的。"

说着，近子指了指靠近壁龛的拉门。

茶室里的女客全都回过头看菊治，他脸红了。

"都是女客吗？"

"对。男客也来过，不过，都走了。你是万绿丛中一点红。"

"不是红。"

"你有资格称红呀，别谦虚。"

菊治挥了挥手，表示要绕到另一边的入口去。

那位小姐用千只鹤包袱布把穿了一路的二趾袜包好，礼仪周正，站在一旁，让菊治先走。

菊治走进隔壁房间。房间里摆着一地的东西，点心盒子啦，带来的茶具箱啦，客人的随身物品啦，不一而足。女佣正在里

---

① 叠：日本房间的计量单位，一叠等于1.62平方米。

头清洗茶具的水屋里洗洗涮涮。

近子一进来，就跪坐在菊治面前，问道："怎么样，是位好姑娘吧？"

"手拿千只鹤包袱的那位吗？"

"包袱？什么包袱？我是指刚才站在那儿的标致小姐。她是稻村先生的千金。"

菊治微微点了点头。

"包袱布这种小玩意都注意到了，你可真不简单。本以为你们是一起来的，心想，这是先下手为强啊，吓了一跳。"

"瞧你说的。"

"在来时的路上遇见，也算有缘。再说，稻村先生也认识令尊。"

"是吗？"

"她家是做生丝生意的，家住横滨。今天的事，我没跟她说。你放心观察，好好端详端详。"

近子嗓门不小，菊治担心一道隔扇之外的茶室里是否能听见这对话，一言不发。

近子突然凑上前来。

"不过，事情有点麻烦。"她压低嗓门，"太田夫人也来了，还有她女儿。"

她边观察菊治的神色边说话。

"今天，我可没请她。不过，这种茶会，谁路过时都有可能上来瞧一眼，刚才还有两批美国人来过呢。抱歉，太田夫人听说有茶会就自己来了，无可奈何。不过，你的事，她自然不晓得。"

"我今天倒也——"

菊治本想说，自己没打算来相亲。可话未出口，他就把话咽了回去。

"摸不清状况的是太田夫人。菊治少爷，你该干什么干什么就行。"

近子这种说辞，令菊治大为恼火。

看样子，栗本近子同父亲的交情并不深，时间也短。父亲辞世前，近子一直带着行事随意的姿态，不断出入菊治家。不仅在茶会上做这做那，就是作为访客来到家里，依旧自动自发地下厨房干活。

近子变得男性化以后，母亲似乎认为事到如今还要嫉妒未免令人哭笑不得，显得十分滑稽。父亲看过近子那块痣一事，母亲后来必定有所察觉。不过，往事皆随风而去，近子也爽朗干脆，总带着时过境迁的表情站在母亲身后。

不知从什么时候开始，菊治对待近子也随便起来。在时不时任性顶撞她的过程中，幼时那种令人窒息的厌恶感仿佛淡薄了许多。

近子之男性化，以及成为菊治家调遣起来最方便的帮工，或许是种符合她心境的生活方式。

近子仰仗菊治家，作为茶道师傅，已小有名气。

父亲辞世后，一想到近子不过同父亲有过一段转瞬即逝的交集就扼杀了自己身为女人的天性，菊治甚至对她涌起了一丝同情。

母亲之所以不那么仇视近子，也是因为受到了太田夫人的牵制。

茶友太田去世后，菊治的父亲负责处理太田留下的茶道用具，同他的遗孀走得很近。

最早把此事报告给菊治母亲的，正是近子。

当然，近子是站在母亲这边行动的，甚至会做过火。父亲走到哪儿近子就跟到哪儿，还几次三番地跑到遗孀家里去警告人家，活像她自身的妒火从地底喷发出来似的。

母亲天生腼腆。或者应该说，母亲被近子无事生非般的多事举动唬住了，生怕有失体面。

就算菊治在场，近子依然会和母亲数落太田夫人的不是。母亲一厌烦，近子就会说，让菊治听听也好。

"上次去她家时，我狠狠训斥了她一顿。孩子大概偷听到了，隔壁忽然传来抽泣声。"

"哭了的，是她女儿吧？"说着，母亲皱起眉头。

"对，说是十二岁了。太田夫人多少有点毛病。我以为她会呵斥女儿两句，她竟特地起身到隔壁去，把孩子抱来，搂在膝上，坐在我面前，母女俩一起哭给我看。"

"孩子怪可怜的，不是吗？"

"所以，我们才应该把孩子当工具，去对付她嘛。因为那孩子很清楚她母亲都干了些什么。不过，小姑娘长着一张圆脸，倒是蛮可爱的。"

近子边说边望了望菊治。

"我们菊治少爷要是也对父亲说上几句就好啦。"

"你就少祸害几个吧。"

母亲到底规劝了她。

"太太，您总爱把委屈往肚子里咽，这可不行。一咬牙，把它全吐露出来得了。您这么瘦，人家却富态得很。她脑子是有点毛病，以为只要楚楚可怜地哭上一场，就能解决问题。最重要的是，她竟在接待您家先生的客厅里大摇大摆地挂着丈夫的遗照！亏得您家先生能对此毫无怨言。"

父亲死后，被数落成那样的太田夫人居然还能带着女儿来参加近子的茶会。

菊治像被某种冰冷的东西扇了一耳光似的。

就算今天真如近子所言那般，太田夫人并未受到邀请，可令菊治感到意外的是，近子与太田夫人说不定在父亲死后仍有交集。甚至于，太田夫人的女儿还在跟随近子学习茶道。

"如果你嫌烦，我就让太田夫人先回去。"说着，近子瞄了瞄菊治的眼神。

"我倒无所谓。对方要走的话，随意。"

"那人要能这么伶俐，何至于叫令尊令堂感到烦恼呢。"

"不过，女儿跟着一起来了吧？"

菊治没见过那位遗孀的女儿。

他认为，太田夫人也在场的情况下，同那位手拿千只鹤包袱的小姐相见，不合适。再说，他尤其不愿在这种地方初次会见太田小姐。

可是，近子的话语似乎总在耳畔回响，刺激着菊治的神经。

"反正他们都知道我来了，逃也逃不掉。"

说着，菊治站起身。

他从壁龛旁的门口踏入茶室，在不远处的上座位置坐了下来。

近子紧随其后，进到屋内。

"这位是三谷少爷。三谷先生的公子。"

近子郑重其事地将菊治介绍给大家。

伴着介绍词，菊治再次向大家施了一礼。抬起头时，小姐们的模样清清楚楚楚地落在眼里。

菊治好像有点紧张。鲜艳的和服色彩充斥着视线，起初，他无法分清谁是谁。

分清之后，菊治这才发现，太田夫人就坐在正对面。

"啊！"夫人说了一声。

在座的人都听见了。那声音，实在坦率又亲切。

夫人接着说："多日不见，久违了。"

接着，她轻轻拽了拽女儿的袖口，示意坐在身旁的女儿赶紧打招呼。小姐一脸困惑，红着脸低头行礼。

菊治着实感到意外。夫人的态度中不含有任何敌意，也没有恶意，相当亲切。同菊治不期而遇，夫人忽然格外高兴。当着一屋子的人，她简直已经忘记了自己该秉持什么样的身份。

小姐始终低着头。

终于意识到不妥时，夫人的脸颊上也泛起一片红晕。她望着菊治，目光里带着千言万语，仿佛下一秒就要坐到菊治身边来。

"你也修习茶道？"

"不，我对此一无所知。"

"是吗？可是，你身上有这个基因啊！"

夫人似乎心怀感慨，眼睛湿润了。

上次见她，还是在父亲的告别仪式上。自那之后，就没见过这位太田家的遗孀。同四年前相比，她几乎没什么变化。

白皙修长的脖颈和那与之并不相称的圆润肩膀一如从前，体态比年龄更显年轻。鼻子和嘴巴都比眼睛小。仔细端详，小小的鼻子模样别致，招人喜欢。说话时，不知何故，下唇有些凸出。

小姐继承了母亲的基因，同样拥有修长的脖颈和圆润的肩膀。嘴巴比母亲大些，一直紧闭着。同女儿的嘴相比，母亲的嘴唇小得有些滑稽。

小姐那双黑眼珠比母亲的大，眼睛里带着一丝哀愁。

近子看了看炉里的炭火，说："稻村小姐，给三谷少爷沏上一碗茶，如何？你还没点过茶吧。"

"是。"

手拿千只鹤包袱的小姐起身走开了。

菊治知道，这位小姐一直坐在太田夫人的身旁。

但是，自打看到太田夫人和太田小姐，菊治就在控制自己，不看稻村小姐。

近子让稻村小姐点茶，大概是要她做给菊治看吧。

稻村小姐跪坐在茶釜前，回过头来问近子："用哪个茶碗？"

"唔，用那只织部烧吧，很合适。"近子说，"那是三谷少爷的父亲爱用的茶碗，还是他送我的呢。"

放在稻村小姐面前的这只茶碗，菊治也见过。父亲肯定用过，不过，那是太田先生的遗孀转送给父亲的。

亡夫生前的心爱之物从菊治的父亲那里转到近子手里，又以这样的方式出现在茶席上，太田夫人到底是抱着什么样的心情来看待此事的呢？

菊治对近子的满不在乎感到震惊。

要说满不在乎，太田夫人又何尝不是相当满不在乎呢。

与经历过纠葛的中年妇女相比，菊治觉得，这位干干净净点着茶的小姐实在很美。

三

近子想让菊治瞧瞧这位手拿千只鹤包袱的小姐。这番意图，本人恐怕并不知晓。

小姐毫不怯场，点好茶后，亲自端到菊治面前。

菊治喝完茶，欣赏了一下茶碗。这是一只黑色织部烧茶碗，正面白釉处用黑釉描绘出蕨菜的图案。

"见过吧？"对面的近子说。

"可能见过吧。"

菊治含糊地应了一声，把茶碗放下。

"这蕨菜嫩芽，很好地表现出了山村里的情趣，是适合早春使用的好茶碗，令尊也用过。眼下这季节拿出来用，晚了点，不过，用它给菊治少爷献茶，正合适。"

"不，对这只茶碗来说，家父曾短暂地拥有过它，又算得了什么呢。这茶碗，是安土桃山时代的千利休传下来的吧？几百年间，众多茶人将其视若珍宝，传承下来。因此，家父的存在，不值一提。"

菊治试图忘掉这只茶碗的来历。

太田先生将茶碗传给他的遗孀，遗孀转赠给菊治的父亲，父亲又转赠近子。之后，两个男人，太田和菊治的父亲，都死了，两个女人还活着。只看这过程，这只茶碗的命运已经很蹊跷了。

如今，在这茶室里，太田的遗孀和太田小姐、近子、稻村小姐以及其他小姐们又在用唇触碰、用手抚摸这只古老的茶碗。

"我也想用这只茶碗喝杯茶，因为刚才用的是别的茶碗。"太田夫人的话有些唐突。

菊治又是一惊。不知该说她是在冒傻气，还是该说她有些不知耻。

太田小姐一直低着头。这也太可怜了，菊治不忍心看她。

为满足太田夫人，稻村小姐又一次开始点茶，全场的目光都落在她身上。这位小姐恐怕并不晓得这只黑色织部烧茶碗的来历，她只是在践行学来的规范动作。

她的点茶风格不作矫饰，直截了当。从上半身到膝头，姿势都很正确，显露出高雅的气度。

嫩叶的影子映在小姐身后的纸拉门上。那华丽的振袖，肩部和袖兜处隐约反射出柔光。一头秀发光泽亮丽。

以茶室而言，这房间当然有些过亮，不过，它能映衬出小姐的青春光彩。带着少女味道的红色袱纱方巾并不带有甜腻感，而是一种水灵灵的感觉。小姐的手，仿若朵朵盛开的红花。

看着她，会觉得又白又小的千只鹤正围绕在她身边，翩翩飞舞。

太田的遗孀把织部烧茶碗托在掌心上，说道："黑碗衬着绿茶，真像春天萌发的翠绿啊！"

她到底没有说出这只茶碗曾归亡夫所有。

点茶结束后，就是走流程参观各式茶具。小姐们不了解茶具的由来，只能听近子讲解个大概。

水罐和茶勺都是菊治的父亲生前拥有的东西，不过，近子和菊治都没有说出来。

小姐们起身告辞，菊治望着她们离去。刚一坐下，太田夫人就凑了过来。

"刚才失礼了。你大概生气了吧？不过，我一见你，第一反应就是很亲切。"

"哦。"

"真是长成大人了啊。"

夫人的眼眶里仿佛噙着泪花。

"啊，对了，令堂也……本想参加葬礼来着，却没有去成。"

菊治露出不悦的神色。

"令尊令堂相继过世……你很寂寞吧。"

"唔。"

"还不回家吗？"

"嗯，再待一会儿。"

"如果有机会，我想与你畅谈一番。"

近子在隔壁发话："菊治少爷！"

太田夫人恋恋不舍地站起身来。小姐早就站在庭院里等她了。

小姐和母亲向菊治低头行了一礼，走了。太田小姐那双眼睛似乎在倾诉着什么。

近子和两三个亲近的弟子以及女佣正在隔壁房间收拾茶具。

"太田夫人说什么了？"

"也……没说什么。"

"你可得提防着点。她总是摆出一副温顺的样子，挂着一副无辜的表情，可心里在想些什么，是很难捉摸的。"

"可是，她不是经常来参加你的茶会吗？从什么时候开始的？"菊治的口吻略带讥讽。

他走出房间，想要避开此处的恶意气氛。

近子跟过来，问道："怎么样，那位小姐不错吧？"

"是位不错的小姐。不过，要是能在没有你和太田夫人以及家父亡灵徘徊的地方见到她，就更好了。"

"你就这么介意这些事吗？这些与太田夫人和太田小姐扯不上任何关系。"

"我只是觉得对那位小姐有点过意不去。"

"有什么可过意不去的。你要是对太田夫人在场一事感到不满，我很抱歉。不过，我没有请她。稻村小姐的事，请另作考虑。"

"今天就到这里吧，告辞了。"菊治停下脚步。

要是边走边说，近子就不会走开。

只剩自己一人时，菊治看到前方山脚下缀满杜鹃花的蓓蕾。

他深深地吸了一口气。

被近子的信引诱而来到此处，菊治厌恶这样的自己。不过，手拿千只鹤包袱的小姐给他留下了深刻的印象。

父亲的两个女人同席喝茶，这景象并不使人特别烦闷，或许是因为那位小姐也在吧。

可是，两个女人如今都活着，并且在谈论父亲，母亲却已与世长辞。一想到这点，一股怒火涌上心头。近子胸前那块丑陋的痣又浮现在眼前。

晚风习习，吹拂着嫩叶。菊治摘下帽子，缓步前行。

远远地，只见太田夫人正站在寺门附近的阴凉处。

菊治忽然想避开此道。他环顾了一下四周，若改走左右两边的小山路，似乎可以不经过寺门。

然而，菊治还是朝寺门走去，紧绷着一张脸。

太田的遗孀发现菊治，反倒迎了上来。她脸颊通红。

"我想再见见你，就站在这儿等你。你大概觉得我是个厚颜无耻的女人吧？可我不愿与你就此分别。再说，要是真分别了，不知什么时候才能再相见。"

"小姐呢？"

"文子先回去了，和朋友一起走的。"

"这么说，小姐知道她母亲在等我喽？"菊治说。

"嗯。"夫人答道。她看了看菊治的表情。

"看来，小姐讨厌我了，对吧。刚才在茶席上，小姐似乎也不愿见我，真可惜。"

话听上去很露骨，又像是很委婉。

夫人却直率地说："她见了你，心里肯定很难过。"

"那是因为，是家父让她吃了不少苦头吧？"

菊治本想说，这跟太田夫人令自己感到痛苦是一样的。

"不是的，令尊很疼爱文子的。这些情况，找个机会，我再慢慢告诉你。起初，令尊再怎么善待这孩子，她都半点不亲近人。可是，战争快结束时，空袭越来越厉害，她好像悟到了什么，态度一下子转变了。对待令尊，她也想尽自己的一份心。虽说要尽心，可一个女孩子，能做到的，不过是出门买只鸡或做点下酒菜，敬一敬令尊罢了。就算只是出门买个菜，也是相当危险的事，她很努力。她还曾在空袭来的时候从老远的地方把米运了回来。对她的突然转变，令尊也感到很震惊。看到孩子变成这样，我既难过又心疼，更痛苦了，仿佛自己遭到责难一样。"

这时，菊治才想到，母亲和自己都曾受过太田小姐的恩惠。那时，父亲偶尔会带些叫人意外的土特产回家，原来，那都是太田小姐采购的啊。

"女儿为什么态度忽然转变，我也不太明白。或许，她每天都在想，人指不定什么时候就会死吧。她一定很同情我。她拼尽全力，也要对令尊尽一份心啊！"

在那段战败的岁月里，母亲死死抓住菊治的父亲，想抓住那份爱。这一点，小姐大概清楚地看到了。现实生活日渐残酷，因此，她放下了自己那已经死去的父亲，转向现实中的母亲。

"刚才，你注意到文子手上戴着戒指吗？"

"没有。"

"那是令尊送她的。就算到我这儿来，只要警报一响，他就得回家。他一回去，文子就要送他，怎么说都不听，说是担心令尊独自赶路，不好说中途会发生什么事。有时，她送令尊回府上，却不见她回来，我就想，她在府上歇一宿也好，可转念又一想，两人该不会在途中都死了吧。第二天早晨她才回家，一问才知道，她把令尊送到大门口后就折回来了，半路上找了个防空洞，在里头待到天亮。令尊再来时，他对文子说'上次多谢你啦'，说着，送了她那只戒指。这孩子大概不好意思让你看到戒指吧。"

菊治边听边生出一股厌烦的情绪。奇怪的是，太田夫人竟以为这些话理应博得菊治的同情。

不过，菊治还不至于发展到对太田夫人明明白白存有憎恨或提防的地步。

太田夫人有一种本事，她能让人感到温暖，放松戒备。

小姐之所以拼命尽心，也许是因为看不下去母亲那副样子吧。

菊治认为，夫人表面上说的是小姐的往事，实际上是在倾诉她自己的恋慕之心。

夫人大概是想倾诉衷肠。可是，说得极端些，她似乎分不清倾诉对象的界限在哪里。这对象，是菊治的父亲，还是菊治呢。与菊治谈话时，她格外亲昵，仿佛在跟菊治的父亲说话。

早先，菊治与母亲都对太田的遗孀抱有敌意。如今，虽说敌意尚未完全消失，那股劲头也已去了大半。一不留意，甚至会下意识地认为自己就是这女人所挚爱的父亲。菊治仿佛被拉入这样一种错觉：自己早已与这女人十分亲密。

菊治明白，父亲很快就同近子分手了，可至死都在和这个女人维持着关系。菊治认为，近子一直都很瞧不上太田夫人，这毫无疑问。菊治心中也萌生出一点残忍的念头：你可以轻松地捉弄一下太田夫人——他感受到了这种诱惑。

"你常出席栗本的茶会？从前，她不是总欺负你吗？"菊治说。

"是的。令尊去世后，她给我来过信。我很怀念令尊，也很寂寞，就去了。"说罢，夫人低下头。

"小姐也跟去吗？"

"陪我来这里，文子大概很不情愿吧。"

他们跨过铁轨，走过北镰仓车站，朝圆觉寺相反方向的山那边走去。

四

太田的遗孀至少四十五岁上下，比菊治年长近二十岁，可她能让菊治忘记"年长"这一感觉。菊治觉得，他搂着的，是个比自己还年轻的女人。

夫人经验丰富。毫无疑问，菊治同样在享受夫人带来的那份愉悦。他并不胆怯，也不觉得自己是个经验尚浅的单身汉。

他觉得自己仿佛初次同女人发生关系，也对男人有了更深的了解。他惊讶于自己会有这样的男性觉醒。直到此刻，菊治才了解到，女人竟是如此有韧性的被动者。她是既顺从男人又诱导男人的、能让男人沉浸在温柔乡中的被动者。

不知道为什么，单身汉菊治总在事情过后生出一种憎恶心理。然而，在理应最可憎的此时此刻，空气里却只有甜美与安然。

每到这种时刻，菊治就按捺不住，想要冷漠离开。可这一次，他却任她带着温暖依偎在身边，自己则心神恍惚。这似乎也是头一遭。菊治这才知道，女人的情感波浪竟会以这样的方式尾随并追赶男人。菊治随波逐流，感到心满意足，宛如一个边打瞌睡边让奴隶洗脚的征服者。

此外，他还感受到一种母爱。

菊治缩了缩脖子，说道："栗本这个地方有一大块痣，你知道吗？"

他也知道，自己突然说了一句恼人的话。也许是思绪放松了的缘故？他并不觉得这话对近子而言是一种冒犯。

"长在乳房上。就长这儿，这个形状……"说着，菊治伸出手。

促使他说出这句话的动力在他体内抬头。一种似乎打算违逆自己又想去伤害对方的叫人浑身酥痒的感受。或许是为了掩饰自己那天真的、想看看那地方的腼腆心理。

"哎呀！怪恶心的。"

夫人悄悄合上衣襟，忽地表现出某种无法理解的态度，语气淡然。

"这倒是头一次听说。不过，在衣服下面，看不见吧。"

"怎么会看不见呢。"

"哎？为什么？"

"毕竟长这儿嘛，哪能看不见？"

"哎呀，讨厌。以为我也长了痣，才在我身上找来着？"

"那倒不是。不过，你要是真长了，此刻，会是什么心情呢。"

"长这儿，是吗？"夫人看了看自己的胸，无动于衷。

"为什么要说这些呢？长不长的，没什么影响吧。"

在夫人面前，菊治的坏心眼好像完全不起作用。于是乎，菊治仿佛自找苦吃一样，更来劲了。

"怎么会没影响呢。虽说八九岁时只看过一次，但那块痣至今还会浮现在我眼前。"

"为什么？"

"就说你吧，因为这块痣，你也遭殃过啊。还记得吧？栗本打着我妈跟我的招牌到你家去，狠狠数落你。"

夫人点点头，默默缩了缩身子，菊治用力搂住她。

"就算在那一刻，她还是不停地琢磨自己胸前那块痣，所以，欺负你欺负得更狠。肯定是这样。"

"瞧你，说得真吓人。"

"或许，多少是被想要报复一下家父的想法所驱使吧。"

"为什么要报复他？"

"因为那块痣，她一直很自卑，认定自己是由于这块痣才被抛弃的。"

"别再聊痣的话题啦，听了只会叫人不舒服。"

不过，夫人似乎并没有在脑海中描画出痣的模样。

"如今，栗本小姐过得很洒脱，已经不介意痣之类了吧。这些烦恼，都是过去式。"

"烦恼一旦过去，就踪迹全无了吗？"

"就算过去了，有时也会想起它。"夫人带着半梦半醒的语气说道。

唯一一件不想谈的事，菊治也抖落了出来。

"刚才在茶席上，你身边坐着一位小姐。"

"嗯，她叫雪子，是稻村先生的千金。"

"栗本把我叫去，是想让我看看这位小姐。"

"咦！"

夫人睁开她那双大眼睛，目不转睛地看着菊治。

"是在相亲吗？我一点也没有察觉到。"

"不是相亲。"

"原来如此。相亲过后，你正打算回家啊。"

夫人流下一道眼泪，滴落在枕头上。她的肩膀在颤抖。

"不该这样，这样不对！你为什么不告诉我呢？"

夫人把脸伏进枕头，哭了起来。

没想到，夫人竟是这个反应。

"管它是不是在相亲回家的路上呢，错就错呗。这事跟那事是两码事。"菊治说。他也确实是这样想的。

不过，稻村小姐点茶时的身影浮现在菊治脑海里，那缀着千只鹤的粉红色包袱布仿佛就在眼前。

于是乎，哭泣的夫人就显得身形丑陋了。

"唉，这样不对。我是个罪孽深重的女人，已经没救了吧。"

说罢，那圆润的肩膀又颤抖起来。

对菊治来说，若果真后悔，毫无疑问，是因为此事性质丑恶。就算相亲一事另当别论，她到底是父亲的女人。

不过，事已至此，菊治既不后悔，也不觉得丑恶。

为何会同夫人发展成这样，菊治也不十分清楚。二人之间就是这么自然。或许，夫人刚才是在后悔自己诱惑了菊治，但是，夫人恐怕并没有打算去诱惑谁，菊治也不觉得自己是被谁诱惑的。还有，从情绪上讲，菊治丝毫没有抵触，夫人也未做任何抗拒。可以说，二人心中都没有道德阴影来搅和。

圆觉寺对面山丘上有家旅店，二人走进旅店用了晚餐，因为菊治父亲的相关话题还没有讲完。菊治并不是非听不可，规规矩矩地听也显得很滑稽，可夫人似乎并没有考虑到这点，只管带着眷恋不停倾诉。听着听着，菊治感受到了她那份平静的好意。他被一种温柔的情意所笼罩。

他能理解，父亲当年是幸福的。

没救就没救吧。他失去了甩开夫人的机会，任凭自己沉溺在甜蜜又轻松的心绪里。

但是，或许因心底潜藏着阴影，菊治才像倾吐毒液似的，把近子和稻村小姐的事都说了出来。

诉说的效力过于强劲。若是后悔，就会显露丑恶。菊治想和夫人说些更残酷的事。对这样的自己，厌恶感油然而生。

"忘了今天的事吧，它算不了什么。"夫人说，"这种事，算不了什么。"

"你只是在怀念我爸，对吧？"

"咦！"

夫人惊讶地抬起头。她一直伏在枕上哭泣，眼睛通红，眼白也有些浑浊。不过，睁开的双目中依然残留着女人的慵懒，菊治已看穿这一点。

"你要这么说，我也没办法。我是个可悲的女人啊。"

"胡说。"

菊治粗暴地拉开她的衣襟。

"要是有痣，是很难忘记的。印象会更深。"

对自己这句话，菊治感到震惊。

"不要嘛！别盯着我看，我已经不年轻了。"

菊治贴近她，撕咬她。

夫人的情感波浪又荡了回来。

菊治安心地进入梦乡。

半梦半醒中，耳边传来小鸟啁啾声。在鸟鸣中醒来，这种经历，好像还是头一遭。

清晨的雾沾湿了翠绿的树木，菊治的大脑仿佛也经历了一番洗礼，脑中没有任何杂念。

夫人背向菊治而睡。不知她什么时候会翻过身来？菊治觉得这想法有点可笑，遂支起一只胳膊，在朦胧的光线中凝视着夫人的容颜。

五

据上次茶会已有半个多月，太田小姐拜访了菊治。

把她请进客厅之后，为了按捺住心中的忐忑，菊治亲自打开茶柜，把西式点心放在碟子里。可是，小姐是独自来的呢，还是夫人也来了，只是不好意思进自己家，而在门外等候？菊治无法做出判断。

刚打开客厅的门，小姐就从椅子上站起身。她低着头，地包天式的下唇紧绷着。这副模样，映入了菊治的眼帘。

"让你久等了。"

菊治从小姐身后走过去，打开通往庭院的玻璃门。

从小姐身后走过时，花瓶里的白牡丹隐约释放出芬芳。小姐那圆润的肩膀稍稍向前倾。

"请坐。"

说着，菊治自行落座，相当镇定。因为他在小姐身上看到了她母亲的风貌。

"忽然来访，失礼了。"小姐依旧低着头。

"别客气。你很熟悉我家的位置啊。"

"嗯。"

想起来了。那天，在圆觉寺，菊治从夫人那里听说过，空袭的时候，这位小姐曾把父亲送到家门口。

菊治本想提一提这件事，又止住了。他望着小姐。

这一望，菊治心中涌现出夫人那天给予的温暖。那份温暖，犹如一池温水。他记起来了，对一切人事，夫人都是温柔又宽容的，这让菊治感到很舒适。

大概因回忆起当时的安心感，菊治对小姐放下了戒心。然而，他无法与她正面对视。

"我……"小姐顿了顿，抬起头来，"我是为家母的事来求你的。"

菊治屏息静气。

"希望你能原谅家母。"

"啊？原谅什么？"

菊治反问了一句。同时，他已察觉到，夫人大概把自己的事也坦率地告诉了小姐。

"该求人原谅的，是我吧。"

"令尊的事，也希望你原谅一二。"

"家父的事也一样。请求他人原谅自己的，不应该是家父吗？再说，家母如今也已过世，就算想要得到谅解，谁来说出这两个字呢？"

"令尊去得那样突然，我想，可能也与家母有关。还有，令堂也……这些话，我对家母也说过。"

"你多虑了。令堂怪可怜的。"

"要是家母先死就好了！"

小姐显得羞愧至极，无地自容。

菊治察觉到小姐在说她母亲和自己的事。这件事，不知令小姐蒙受了多大的耻辱和伤害。

"希望你能原谅家母。"小姐又说了一次，拼命恳求。

"这不是原不原谅的事。我很感谢令堂。"菊治也明说了。

"是家母不好。家母这人没救了，希望你能远离她，以后也不要理睬她。"小姐连珠炮似的说话，声音发颤，"求求你！"

小姐这"原谅"二字是什么意思，菊治很明白。里面自然也包含"不要理她"这层意思。

"请不要再挂电话来……"说着，小姐脸红了。

她硬是抬起头来望着菊治，大概是想战胜羞耻感。她眼里含着泪，那双睁大了的、乌溜溜的眼睛里毫无恶意，像在拼命做出哀求。

"我都明白。真过意不去。"菊治说。

"麻烦你了。"

小姐的腼腆之色越发浓重，连白皙的修长脖颈都红透了。

也许是为了衬托修长的脖颈有多美，洋服领子下挂着一串白色项链。

"你打电话约家母，她没赴约，是我阻拦的。她无论如何

也要去，我就抱住她不放。"小姐稍稍放松了些，声调也和
缓了。

菊治给太田的遗孀挂电话约她出来，是在那次之后的第
三天。

夫人的声音着实充满喜悦，却没有如约到茶馆来。

菊治只挂过这么一次电话。此后，他再也没有见过夫人。

"事后，我也觉得母亲很可怜，可当时，我只能豁出去了，
拼命阻拦她。家母说，'既然如此，文子，你替我回绝吧'。我
走到电话机前，却说不出话来。家母直勾勾地望着电话机，潸
然泪下，仿佛三谷先生就在电话那头似的。家母就是这么一
个人。"

二人都沉默了。少顷，菊治开了口。

"茶会结束后，令堂等我时，你为什么先回去了呢？"

"因为家母并不是个坏人——三谷少爷，我希望你能了解
这一点。"

"她好过头了才是真的。"

小姐低下头。好看的鼻子下有一张小嘴，地包天的嘴唇，
那张柔和的圆脸，很像她母亲。

"我早知道令堂有你这样一位千金，也设想过同这位小姐
谈一谈家父的话题。"

小姐点点头："我也曾这样想过。"

菊治心想，要是与太田的遗孀不生瓜葛而与这位小姐无拘无束地谈论父亲，该有多好。

然而，之所以能够发自内心地原谅太田的遗孀，也原谅父亲与这位遗孀的旧事，乃是因为菊治与这位遗孀之间并非毫无瓜葛。这样的事，也许很怪吧。

小姐大概觉得已然在此耽误太久，连忙站起身。

菊治送她出去。

"要是有机会与你谈谈家父的事，再谈一谈令堂那美好的人品，该有多好。"

菊治知道自己不过是随口一说，不过，自己也确实是这样想的。

"是啊。不过，你很快就要结婚了吧。"

"我吗？"

"是啊，家母是这么说的，说你同稻村雪子小姐相过亲了。"

"没这么回事。"

一出大门，眼前就是坡道。坡道中段处有个小拐弯，由此回头望去，只能看到菊治家庭院里的树梢。

听完小姐的话，菊治脑子里忽然浮现出千只鹤小姐的倩影。恰在此时，文子停下脚步，与他道别。

菊治与小姐的行进方向相反。他爬上坡道，回家去了。

森林的夕阳

一

近子给还在公司里的菊治挂电话。

"今天直接回家吗?"

是得回。不过,菊治露出不悦的神色。

"是吧。"

"为了令尊,今天一定要直接回家呀。往年,令尊都是在今天举办茶会,对吧。一想起这事,我就坐不住了。"

菊治没说话。

"我打扫——喂喂?我打扫茶室的时候,忽然想做几道菜。"

"你现在在哪儿？"

"在府上，我已经到府上了。对不起，没事先跟你打招呼。"

菊治吃了一惊。

"一想起令尊，我就坐不住。我琢磨着，过去打扫打扫茶室，心情也能平静一些。本该先给你挂个电话，可你肯定会拒绝我。"

父亲死后，茶室就形同虚设。

母亲在时，还会偶尔进去，独自坐坐。不过，她不在茶炉里生火，只提一壶开水进去。菊治不愿意让母亲进茶室。那里太冷清，他担心母亲，不知她会想些什么。

菊治想过，不如偷看一下母亲独自坐在茶室里的模样，但终究没这么做。

然而，父亲还在时，张罗茶室事务的是近子。母亲很少进茶室。

母亲去世后，茶室一直封着。

一年到头，顶多由父亲还在时就在家里帮佣的老女佣打开门，通通风。

"什么时候开始放弃打扫茶室的？再怎么擦拭榻榻米，都有一股霉味，真叫人头疼。"

近子的话语越发放肆。

"一打扫房间，就想做菜。突发奇想，材料也没备齐，不过，也算用心准备了，因此，希望你能直接回家。”

“嚯，可真热情。”

“你一个人，太冷清。不如请三四个公司里的同事一道来，怎么样？”

“不太行。没几个懂茶道的。”

“不懂更好，因为准备工作也做得很简单，尽管放心地来吧。”

“不行。”

菊治直接扔出这两个字。

“是吗，太令人失望了。那怎么办？你说，能请谁呢？请令尊的茶友……实现不了。要不，把稻村小姐请来？”

“开什么玩笑！别。”

“为什么？不是挺好的吗。相亲那事，对方是有那个意思的。你再仔细观察观察，好好跟她谈谈不行吗？今天，我试着请一请她吧。她要真愿意来，说明她愿意跟你相处。”

“怪烦人的，干这种事。”菊治心里很是窝火，“别折腾了，我不回家。”

“啊？哎，这种事，电话里也说不清，以后再说吧。总之，事情就是这样，请早点回家。”

“什么叫事情就是这样？我听不懂。”

“行了，你就当我是瞎操心。”

话虽如此说，但近子那咄咄逼人的气势还是压了过来。

菊治不禁想起近子那块占了半边乳房的痣。

这么一想，就觉得近子那打扫茶室的扫帚声仿佛发自自己的脑海，又觉得自己的脑子正在被她擦拭，就像她拿着抹布擦拭廊台那样。

厌恶感首当其冲，涌上心头。趁人未归擅自登门，甚至自顾自地做起菜来，实属怪事一桩。

想要拜祭父亲，打扫一下茶室或供上几枝鲜花就回去，倒是情有可原。

不过，火冒三丈满心厌恶的情绪中，稻村小姐的倩影如同一道亮光，灿然生辉。

父亲过世后，很自然地，菊治与近子疏远了。现在，莫非她想以稻村小姐为诱饵，与菊治再生纠葛，纠缠不休吗？

在电话里，近子依然故我，表现出滑稽的性格和令人哭笑不得且心生警惕的说话方式，听起来咄咄逼人，强人所难。

菊治心想，之所以将其理解为咄咄逼人，是因为自己有弱点。不能正视弱点，就不能对近子那通自说自话的来电表示恼火。

是因为抓住了菊治的弱点，近子才蹬鼻子上脸的吗？

一下班，菊治就去了银座，走进一家空间逼仄的小酒吧。

菊治不得不遵照近子所言乖乖回家，可是，弱点压在他心里，他越发感到郁闷。

圆觉寺那场茶会结束后，于归途中，菊治同太田的遗孀在北镰仓的旅店里意外度过一晚。看样子，近子不知道此事。不知自那之后她是否见过那位遗孀。

菊治怀疑，近子在电话里表现出咄咄逼人的语气，似乎不完全出自于她那厚脸皮的性格。

不过，或许，近子只是想按照她自己的做法来撮合菊治与稻村小姐吧。

在酒吧里，菊治一样安不下心，于是，他坐上了回家的电车。

国营电车穿过有乐町，驶向东京站。行驶途中，透过车窗，菊治俯视了一路，看着大街上那些成排栽种的、高高的树木。

那条大街几乎与国营电车的线路呈直角，东西走向，恰好反射出夕阳的光亮，宛如一块金属板，亮得晃眼。不过，由于是从接受霞光的这一侧看过去，树木的绿带着一种深沉的墨色，树荫看上去很凉爽。这些树枝丫舒展，枝繁叶茂。街道两侧，是一幢幢坚固的小洋楼。

大街上的行人少得出奇。道路一直延伸至皇宫护城河，安静得能一眼望到头。光亮刺眼的车道上也是寂静的。

从拥挤的电车里俯视外头，菊治觉得，只有这条大街浮现在黄昏这奇妙的时间带里，街道上有种异国风情。

菊治仿佛看见稻村小姐抱着缀有白色千只鹤的粉红色缩缅小包袱，走在这条林荫路上。千只鹤小包袱清晰可辨。

菊治的内心一片清爽。

一想到小姐此时或许已抵达自己家中，菊治不禁忐忑起来。

尽管如此，近子在电话里让菊治邀请几个朋友来，菊治不肯，她就说，那把稻村小姐请来，这是打的什么算盘呢？她是不是从一开始就有心要请小姐来？菊治还是想不明白。

一到家，近子就急匆匆地出来迎他，说："就你自己？"

菊治点了点头。

"一个人更好。她来啦。"

说着，近子走过来，接过菊治的帽子和皮包。

"这是中途拐到什么地方去了吧？"

莫非自己脸上带着酒气？菊治心想。

"你去了。后来，我又往公司挂了电话，他们说你已经走了。我还算了一下你回家的时间。"

"真吓人。"

近子擅自闯入这个家，肆意妄为，事前也不打招呼。

她尾随菊治来到起居室，拿起女佣备好的和服，似乎打算为他更衣。

"我来吧。不好意思，我要换衣服。"

菊治只脱下上衣，像要甩开近子似的，走进衣帽间。

他在衣帽间里换好衣服，走了出来。

近子仍旧坐着。

"单身汉一个，佩服。"

"嗯。"

"这种不方便的生活还是适可而止吧，结束算了。"

"老爸吃过苦头，我引以为戒。"

近子看了看菊治。

她穿了一身向女佣借来的烹饪服。这身衣服，原本是母亲的。近子把袖子卷了上去。

从手腕到袖管深处，肌肤全都白皙得不自然。手臂肉乎乎的，胳膊肘内侧青筋凸起。菊治忽然感到很意外。那肌肉，又厚又硬。

"还是请她进茶室吧。小姐已经坐在客厅里了。"近子多少有点一本正经。

"哦，茶室里装电灯了吗？开了灯的茶室，我还没见过呢。"

"要不，点上蜡烛？反倒更有情调。"

"我不喜欢。"

忽然，近子像想起来什么似的。

"对了，刚才我挂电话请稻村小姐来时，她问，'是同家母一起去吗'？我说，'如能结伴光临，就更好了'。不过，她母亲不太方便，最终，小姐决定一个人来。"

"什么'最终'，恐怕是你擅自做主的吧。突然说什么'请立刻过来'，人家大概觉得你相当没礼貌。"

"我知道。不过，小姐已经来了。既然来了，有没有礼貌一事，自然就不存在了，不是吗？"

"为什么？"

"本来就是嘛。既然今天能来，就代表她在上次那件事上想要有个进展。就算步骤有点古怪也没关系。事情办成后，你们俩就是笑我，说'栗本这女人真奇葩'也行。根据我的经验，能办成的事，不管怎样，终究会办成的。"

近子的说话口气相当不屑一顾，仿佛已看穿菊治的心思。

"你已经跟对方说过了？"

"是，说过了。"

近子仿佛在说，请你给出明确答复。

菊治站起身，穿过走廊，向客厅走去。走到那棵大石榴树旁时，他换上了另一副表情。不该让稻村小姐看到自己满脸不高兴。

菊治望着幽暗的石榴树影，近子那块痣又一次浮现在他脑海中。他甩了甩头。客厅前的庭石上残留着落日余晖。

拉门是开着的，小姐坐在离门口不远的地方。

在这宽敞的客厅中，小姐的光彩仿佛朦胧地照射到了昏暗的深处。

壁龛上的水盘里插着菖蒲。

小姐系的腰带上也织着鸢尾花样。可能是巧合。不过，它洋溢着季节感，这种表现，或许就不是偶然了。

壁龛里插的花不是鸢尾而是菖蒲，因此，叶子和花都插得较高。从花的状态上看就知道，这是近子刚插上的。

二

翌日，星期天，下了雨。

午后，菊治独自进入茶室，收拾昨日用过的茶具。

也是为了眷恋稻村小姐的余香。

菊治让女佣拿来雨伞。刚从客厅走进庭院踩在踏脚石上，就看见屋檐下的檐沟破破烂烂的，雨水哗哗往下流，浇在石榴树跟前。

"那里该修了。"

菊治对女佣说。

"是啊。"

想起来了，自己早就惦记过这件事。每至雨夜，钻进被窝后，仍能听见那道滴水声。

"不过，一旦维修，这里也要修，那里也要修，就没完没了了。不如趁还能凑合时把它卖掉为好。"

"近来，拥有大宅院的人家都这么说。昨天，小姐也惊讶地说，这宅子真大。看样子，不久后，小姐就会住进这栋宅子吧？"

女佣的意思是"别卖"。

"你这番话，是不是栗本师傅先说的？"

"是的。小姐一来，师傅就带她参观了宅子的各个地方。"

"哦，这人可真敢干。"

昨天，小姐没有对菊治提及此事。

菊治就是觉得，小姐是从客厅走进茶室的，今天，不知怎的，自己也想从客厅走到茶室。

昨晚，菊治难以入眠。

他觉得，茶室里依然萦绕着小姐身上的香气。他恨不得大半夜爬起来，走进茶室里闻一闻。

"她跟我，永远是两个世界的人。"

如此这般，他靠想着稻村小姐来使自己入睡。

菊治颇为意外。那样的小姐，竟在近子的引领下四处转悠，参观宅院。

他吩咐女佣给茶室里添点炭火，随后，沿着踏脚石走了出去。

昨晚，近子要回北镰仓，便与稻村小姐一同离开了。茶室的善后工作，由女佣来完成。

菊治只需检查一下摆在茶室一角的茶具是否摆放正确就行了，可是，他不太清楚这些东西一开始的摆放位置。

"栗本比我更清楚啊。"

菊治喃喃自语，观赏起挂在壁龛里的歌仙画。

这是被授予"法桥"称号的俵屋宗达的小品画，在薄墨线描的基础上叠加了淡彩画法。

"画的是谁呢？"

昨天，稻村小姐问过，菊治答不上来。

"唔，谁来着？没有题画诗，我也不知道。这类画画的是吟咏和歌的人，大家都是一个模样。"

"可能是源宗于吧。"近子从旁插话，"他有首和歌，说的是万古长青的松之绿每逢春至翠色更鲜。论季节，这幅画挂晚了些。不过，令尊很喜欢这幅画，一到春天，经常拿出来挂。"

"难说。到底画的是源宗于还是纪贯之，仅凭画面，难以分辨。"

菊治到底补了一句。

今天再看，还是分辨不出画上这落落大方的面容究竟是谁。

然而，小小的一幅画，寥寥几笔，却使人看到一个高大的形象。如此欣赏片刻后，鼻端仿佛闻到一股朦胧的清香。

从这歌仙画，还有昨日客厅里的菖蒲插花，都能联想到稻村小姐。

"我耽误了。刚刚在烧水，觉得烧热一点再端来比较好。"女佣送来炭火和烧水壶。

茶室潮湿，菊治只想烧火，没打算烧水。

可是，机灵的女佣一听菊治要烧火，连开水都备好了。

菊治漫不经心地添了些炭，把壶放在茶釜上。

孩提时，菊治就跟在父亲身边，熟悉茶席上的种种规则，却没有兴趣自己点茶，父亲也没有诱导他学习茶道。

水烧开了，菊治把茶釜的盖子稍稍推开，呆坐在那里。

茶室里依然有股霉味，榻榻米也潮乎乎的。

昨天，深色墙壁衬托出了稻村小姐的倩影。今天，墙壁颜色幽暗。

这种氛围，如同住进洋楼却身穿和服。因此，昨天，菊治这样对小姐说："栗本突然邀请你来，很为难吧。在茶室里招待你，也是栗本自作主张想出来的主意。"

"师傅告诉我，历年的今天，都是令尊举办茶会的日子。"

"好像是这样。不过，这事我已经不记得了，也没在意过。"

"在这样的日子里把我这个外行人叫来，师傅是在讽刺我吗？因为我最近很少去学习。"

"栗本也是今早才想起来，匆匆打扫了茶室，所以，你闻，还有股霉味呢。"菊治含含糊糊地说，"不过，我们两家是熟人，要是不经过栗本介绍就好了。对小姐你，我感到很过意不去。"

小姐诧异地望着菊治。

"为什么呢？要是没有师傅，就没人引见我们，让我们见面了呀。"相当简单的抗议，同时，也相当真实。

的确，如果没有近子，也许二人不会在这世间相见。

菊治像被一根闪闪发光的鞭子兜头抽了一鞭似的。

小姐这么说话，仿佛同意了这桩亲事一样。菊治是这么认为的。

菊治看小姐，之所以有种她在闪闪发光的感觉，也是因为她的目光里带着诧异。

可是，菊治直呼近子为栗本，在小姐听来，这是什么感觉呢？尽管时间短暂，可近子毕竟曾是父亲的女人。这一点，小姐是不是已经知道了？

"栗本也在我心里留下了讨厌的回忆。"

菊治的声音有些颤抖。

"我不愿意让她接触到关乎我命运的话题。简直难以相信，稻村小姐你怎么会是她介绍来的呢。"

近子端着自己的食案，也过来了。谈话中断了。

"我来陪伴二位。"

说罢，近子跪坐下来。她稍稍弓着腰，像在平复刚干完活后的剧烈喘息，又观察了一下小姐的神色。

"只有一位客人，有点冷清。不过，令尊肯定很高兴。"

小姐垂下眼帘，老老实实地说："我没有资格进令尊的茶室呀。"

近子像没听见一样，谈起菊治的父亲生前如何使用这间茶室。她想到什么就说什么，嘴就没停过。

近子似乎觉得这门亲事铁定能成。

临走时，近子站在大门口，说道："菊治少爷，你也该到稻村小姐的府上拜会拜会。下次，就该商谈日子了。"

听近子这么说，小姐点了点头。她欲言又止，但终究没有说出口。从头到脚，她忽地显现出一副接近本能的羞怯姿态。

这个反应，菊治始料未及。仿佛能感受到小姐的体温。

可是，菊治有种强烈的认知：自己像被阴暗而丑恶的帷幕包裹住了一样。

就算到了今天，这层帷幕也没掀开。

给他介绍稻村小姐的近子固然不纯洁，菊治自己也不干净。

有时，菊治会胡思乱想，想象父亲用龌龊的牙齿咬住近子胸前那块痣。父亲的形象与自己产生了关联。

小姐并不介意近子的所作所为，菊治却对近子耿耿于怀。

菊治性格懦弱，优柔寡断。虽说不完全是因为近子，也算原因之一吧。

菊治装出厌恶近子的样子，好给人他与稻村小姐成亲是近子强加于他这一印象。再说，近子就是这样一个女人，很好利用。

自己这点伪装，是不是已被小姐看穿？菊治觉得，小姐当头给了自己一棒。此时，菊治才发现，自己原来是这样一个人。他不禁感到愕然。

用餐完毕，近子正准备起身泡茶时，菊治又开了口：

"如果说，我们的命运是由栗本来操控的，那么，在如何看待命运的问题上，稻村小姐与我相距甚远。"

话里有种狡辩的味道。

父亲辞世后，菊治不喜欢母亲一个人进入茶室。

现在，菊治仍然这样认为。不过，父亲、母亲、自己，每人在茶室里独自待着时，想的都是自己那点事。

雨点敲打着树叶。

在这个声响中，雨点敲打雨伞的声音越来越近。

女佣在拉门外说道："太田女士来了。"

"太田女士？是小姐吗？"

"是夫人。不知怎的，人很憔悴，好像病了。"

菊治猛地站起身，又停住了。

"把夫人请到哪间屋？"

"到这儿来就行。"

"是。"

太田的遗孀过来时，连雨伞都没打。可能放在大门口了吧。

菊治以为她的脸是被雨水濡湿的，原来，那是泪珠。

他知道，那是泪。它从眼眶里流到脸颊上，不断流淌。

还以为那是雨呢——一起初，菊治很粗心。

"啊！你怎么啦？"

菊治喊了一声，迎上前去。

夫人边在廊台上坐下边用手撑住身体。

看样子，她即将瘫倒在菊治身上。

门槛附近的廊台都被雨水打湿了。

夫人的泪一刻未停，菊治又一次觉得那是雨滴。

她的视线没有离开过菊治，仿佛这样才能支撑住而不倒下去。菊治也感觉到，假如避开这视线，一定会发生某种危险。

夫人眼窝深陷，带着细纹，眼圈发黑，且莫名成了病恹恹的双眼皮。她泪光闪闪，双眼在倾诉哀愁，充满无可言说的柔情。

"抱歉。想见你，实在按捺不住了。"夫人亲切地说。

那副模样，带着一股柔情。

夫人一脸憔悴。若没有这份柔情，菊治几乎无法正视她。

看着夫人如此痛苦，菊治心如刀绞。他清楚夫人的苦痛是自己造成的，但他有一种错觉——在夫人这份柔情的影响下，自己的痛苦也缓和了下来。

"会被淋湿的，快上来。"

菊治突然从后方抱住夫人，深深地搂住她，几乎用拖的，把她弄进屋里，动作带着些许粗暴。

夫人试图自行站稳，说："你放开我。放开。我很轻吧？"

"是啊。"

"轻了呢。最近瘦了。"

自己竟能一下子抱起夫人，菊治有些震惊。

"小姐会担心你的，不是吗？"

"文子？"

夫人这种叫法，害得菊治还以为文子也来了。

"小姐也一起来了吗？"

"我瞒着她……"夫人哽咽着说，"这孩子总盯着我不放。就是在半夜里，只要我有什么动静，她立刻就睁开眼。因为我，这孩子也变得古古怪怪的。有时，她会问，'妈你为什么只生我一个呢'？'哪怕给三谷先生生个孩子，不也挺好吗'？全是可怕的问题。"

说着，夫人正了正坐姿。

从夫人的言语中，能够感受到小姐内心的哀愁。

不忍心看母亲如此悲伤——这就是文子的哀愁吧。

尽管如此，文子那句"哪怕给三谷先生生个孩子，不也挺好吗"，刺痛了菊治。

"或许，今天她也会追到这里来。我是趁她不在家时偷溜出来的。外面下着雨，她可能认为我不会外出吧。"

"下雨了，就不出门了吗？"

"嗯，她可能以为我身子弱，下雨天不会出来走动。"

菊治只得点点头。

"前些天，文子来过这里吧？"

"来过。小姐说，'请原谅家母'，害得我不知该如何回答。"

"这孩子的心思，我明白。可我为什么又来了呢？唉，太可怕了。"

"不过，我很感谢夫人你呐。"

"谢谢。就算只有一次，我也该知足。可是，自那之后，我很苦闷，真对不起。"

"夫人，按理说，你没什么好顾虑的。非说有的话，就是家父的亡灵吧。"

然而，面对菊治的话语，夫人的脸色波澜不惊。菊治仿佛扑了个空。

"忘了我吧！"夫人说，"不知怎的，对栗本师傅那通电话，我竟那样恼火，真丢人。"

"栗本给你挂电话了？"

"嗯。今天早晨，她说你与稻村雪子小姐的事已经定下来了。为什么要通知我呢？"

太田夫人再次泪眼迷离，却忽地绽出一个微笑。那不是破涕为笑，而是天真的微笑。

"并没有定下来。"菊治否认说，"夫人，你有没有把我的事透露给栗本，让她察觉到了什么？自那之后，你见过栗本吗？"

"没有。不过，她很可怕，也许已经知道了。今早通电话时，她肯定觉得奇怪。我真没用啊，差点晕倒，好像还喊了些什么。尽管是在电话里，可对方肯定能听出来。因为她说，'夫人，请你不要碍事'。"

菊治皱起眉头，登时无语。

"说我'碍事'……怎么能这么说？你与雪子小姐的事，我只觉得，是自己不好。今早，我被栗本师傅吓坏了。我感到毛骨悚然，实在没法继续待在家里。"

说着，夫人像中了邪一样，肩膀颤抖不已，嘴唇向一边歪斜，仿佛被什么吊起来似的，显露出上岁数的人的丑态。

菊治起身走过去，伸出手，想要按住夫人的肩膀。

夫人抓住他这只手，说道："我怕，我好害怕啊。"

她环顾了一下四周，怯生生的，突然有气无力地说："在这间茶室里？"

菊治不明白这句话是什么意思，遂含糊作答："是的。"

"是间好茶室。"

是忆起了时不时在这里接受招待的亡夫呢，还是忆起了菊治的父亲呢。

"第一次进来？"菊治问。

"嗯。"

"看什么呢？"

"不，没看什么。"

"这是宗达的歌仙画。"

夫人点了点头，顺势低下头来。

"以前，没来过寒舍？"

"没，一次也没来过。"

"是吗？"

"不，来过一次。来参加令尊的遗体告别式……"

夫人的声音逐渐消逝。

"水开了，喝点茶好吗？可以解解乏。我也想喝。"

"好。方便吗？"

夫人刚要起身，就打了个趔趄。

菊治从摆在茶室一角的箱子里取出茶碗等茶具。他意识到这些茶具都是稻村小姐昨天用过的，但他还是取了出来。

夫人想取下茶釜的盖子，可手不停地哆嗦，盖子碰到釜身，发出轻轻的嗡鸣声。

夫人手持茶勺，上半身向前倾，泪水濡湿了茶釜。

"这只茶釜，也是我请令尊买下来的。"

"是吗？我都不知道。"菊治说。

就算夫人说这茶釜的原主人是她的亡夫，菊治也不会抵触。对夫人这种直率的谈吐，菊治并不感到奇怪。

点完茶后，夫人说："我端不了。你过来？"

菊治走到茶釜旁，坐在那里，喝了茶。

夫人像晕过去了似的，倒在菊治的膝头上。

菊治搂住夫人的肩膀，夫人稍稍动了动后背，呼吸越发微弱。

夫人太柔弱了。菊治抱着的，仿佛一个幼童。

三

"夫人！"

菊治动作粗暴，摇晃着夫人。

他用手指卡住她的脖子，一直挤到胸骨处，像要勒死她似的。菊治知道，她的胸骨比上次看到的还要凸出。

"夫人，家父和我，你分得出来吗？"

"好残酷啊！不要说穿嘛。"

夫人闭着眼，声音娇滴滴的。

她似乎不愿意从另一个世界立刻回到现实中来。

菊治的提问，与其说是面向夫人，不如说，他是在朝自己内心深处的不安发问。

菊治老老实实接受诱惑，被带到另一个世界。只能认为，那是另一个世界。在那里，父亲与菊治似乎没什么区别。那样的不安，是之后才萌生出来的。

夫人好似并非人世间的女子。菊治甚至认为，她是人类出现前就存在的女子，或是人类最后一个女子。

菊治怀疑，一旦走进另一个世界，夫人就分辨不出亡夫、菊治的父亲和菊治之间有什么区别了。

"一想起父亲，你就把父亲和我看成一个人了，是不是？"

"原谅我。啊！太可怕了！我这女人，是何等罪孽深重啊！"

夫人的眼角淌下泪来。

"唉，我想死，真想死啊。要是此刻能死，该是多么幸福啊。刚才，菊治少爷不是想掐我的脖子吗？为什么又不掐了呢？"

"开什么玩笑。不过，你这么一说，我倒真想掐一下试试。"

"是吗？多谢啦。"

说着，夫人把修长的脖颈伸得更长了。

"现在瘦了，好掐。"

"留下小姐一人去死，你舍不得吧？"

"舍得。这样下去，终究会累死的。文子这孩子，就拜托你照顾了。"

"如果小姐像你一样，我可以。"

夫人猛地睁开眼。

听见自己说了这么一句，菊治大吃一惊。简直是意料之外。

不知夫人是怎样理解这句话的。

"瞧，脉搏这么乱，我活不长了。"

说着，夫人握住菊治的手，按压在乳房下方。

或许，是菊治那句话使她震惊，心脏才悸动吧。

"菊治少爷，你多大了？"

菊治没有回答。

"不到三十吧？我真坏，真是个可悲的女人。我不理解自己。"

夫人支起一只胳膊，半躺半卧，蜷缩着双腿。

菊治跪坐着。

"我呀，不是为玷污菊治少爷与雪子小姐的婚事才来的。不过，已经无可挽回了。"

"我并没有决定要结婚。既然你这么说，我觉得，你是在替我洗刷过去。"

"是吗？"

"就说当媒人的栗本吧，她是家父的女人。那人在扩散过去的孽债。你是家父最后的女人，我觉得家父也很幸福。"

"你还是早点同雪子小姐结婚吧。"

"结不结是我的自由。"

夫人呆呆地望着菊治，脸颊毫无血色。她扶着额头。

"不行，头晕眼花。"

夫人说，无论如何都要回家，菊治就叫了车子，自己也坐了上去。

她紧闭双眼，靠在车厢的一角。那孤零零的模样，似乎会出现生命危险。

菊治没有进夫人家。下车时，夫人从菊治的掌心里抽出冰凉的手指，忽地一下消失在大门口。

当天深夜，两点左右，文子挂来电话。

"是三谷少爷吗？家母刚刚……"

话说到一半就中断了，不过，她说了下去，声音很清晰。

"……过世了。"

"啊？令堂怎么了？"

"过世了。心脏病。最近，她总吃很多安眠药。"

菊治沉默不语。

"因此，我想……求你办件事。"

"说吧。"

"要是有相熟的大夫能出诊，请陪他过来一趟，好吗？"

"大夫？要大夫？我马上找。"

菊治大吃一惊，还没请大夫吗？忽然，他明白过来了。

夫人是自杀的。为了掩饰此事，文子才拜托菊治找医生。

"这就去办。"

"拜托你了。"

文子肯定经过深思熟虑，才给菊治挂来电话。因此，她用郑重其事的口吻，讲了要办的事。只讲这些。

菊治坐在电话机旁，闭上双眼。

与太田的遗孀住进北镰仓的旅店时看到的夕阳，下班回家的路上于电车中看到的夕阳，都浮现在菊治的脑海里。

那是池上本门寺旁的森林上空的夕阳。

通红的夕阳恰好从森林的枝梢上空掠过。

在晚霞的映衬下，森林显得漆黑一片。

掠过树梢的夕阳同样刺痛了疲惫的眼睛，菊治闭上眼。

这时，菊治忽地想起稻村小姐包袱布上的白色千只鹤。它们在眼中残存的晚霞中翩翩起舞。

绘志野①

一

夫人的头七过后，第二天，菊治去了太田家。

本打算提前下班。下班后再走，天就黑了。可是，一动"现在就走"这念头，心里就七上八下的。耗到下班时间，他才起身走人。

文子到大门口来迎他。

"你来了！"

---

① 志野烧的一种。以不透明的白釉为底，用名为鬼板的褐铁矿在釉下作画，再烧制。图案多为草叶或抽象线条。志野烧种类颇多，除绘志野外，还有鼠志野、赤志野、红志野、素面志野等分类。

文子双手扶地，施了一礼，抬头望着菊治。那颤抖的双肩，仿佛全靠双手支撑着。

"谢谢你昨天送来的鲜花。"

"不客气。"

"我还以为，你送了花，人就不会来了。"

"是吗？也有先送花人后到的嘛。"

"这真是没想到。"

"昨天，我去过附近的花店……"

文子立刻点点头。

"花束上没有你的名字，不过，我马上就反应过来了。"

菊治回忆起昨天站在花海里思念太田夫人的情景。花香忽然缓解了他惧怕罪孽的心理。

今天，文子又温柔地迎接菊治。

文子一身白底儿纯棉和服。不施脂粉，只在有些皲裂的嘴唇上淡淡地上了点口红。

"昨天，我觉得还是不来为妙。"菊治说。

文子斜斜挪动膝盖，示意菊治进屋。

她在门口寒暄，似乎是为了不哭出来。不过，再跪坐着说下去，说不定真会哭。

"你不知道，能收到一束花，我已经高兴得跟什么似的了。昨天也可以来嘛。"

文子在菊治的背后站起身，跟着走过来。

菊治尽量用轻快的语气说话。

"要是让府上的亲戚感到不快，那就不好了。"

"那点事，我已经不在意了。"文子干脆地说。

客厅里，骨灰盒前立着太田夫人的遗像。

遗像前只供奉着昨天菊治送来的鲜花。

菊治很意外。文子是不是只留下了自己送的花，把别人送的都处理掉了呢？

同时，菊治还有一种感觉——或许，这场头七，很冷清。

"这是茶席上用的水罐吧。"

文子明白，菊治这话，是指花瓶。

"是的。我觉得正合适。"

"是件很好的志野烧啊。"

做水罐用，体积有点小。

花是白玫瑰和浅色康乃馨，花束与筒状水罐倒是很相称。

"家母经常拿它当花瓶，我就没卖，把它留下了。"

菊治跪坐在骨灰盒前，进了香，双手合十，闭上眼。

他在向夫人赔罪。夫人的爱使人心生感激，这股情思四处流淌，仿佛在纵容自己。

夫人是被罪恶感逼得走投无路才选择离去呢，还是被爱穷追不舍无法抑制才走上绝路呢。使夫人寻短见的，究竟是爱，还是罪？菊治思考了一个礼拜，依然满心茫然。

眼下，在夫人的骨灰前闭上眼，夫人的躯体并未浮现在脑海中，带着醉人芳香的触感却一片温热，将菊治包裹在其中。

说来也怪，之所以感觉不到这样有什么不自然，也是因为夫人。触感是复苏了，但那不是一种雕刻感，而是一种音乐性。

夫人辞世后，菊治每每夜不能寐，在酒里加了安眠药。尽管如此，人还是容易醒，多梦。

不过，侵袭菊治的并非噩梦，而是梦醒之际那不时涌上的甜美的陶醉感。

就算睁开眼，菊治也是恍惚的。

他感到奇怪。一个死去的人，竟能让人在梦中感受到她在拥抱自己。菊治经验尚浅，实在无法想象这种事。

"我这女人，是何等罪孽深重啊！"

与菊治在北镰仓的旅店里共宿时，来菊治家走进茶室时，夫人都曾说过这句话。正如这句话反倒诱使夫人生出一股愉悦的战栗与唏嘘一样，如今，菊治坐在夫人的骨灰前，思索促使她寻死的原因。如果说，这就是罪，那么，承认有罪的夫人，便只剩下声音回荡在菊治耳边。

菊治睁开眼。

文子坐在菊治背后抽泣。她无声地哭泣着，偶尔出一声，又强忍了回去。

菊治没有挪动，问道："这是什么时候拍的照片？"

"五六年前拍的，把小照片放大了。"

"哦。这不是点茶时拍的吗？"

"咦！你看出来啦。"

是张放大脸部的照片。衣襟交叉处以下被裁掉，两边肩膀也裁掉了。

"你怎么知道是点茶时拍的呢？"文子说。

"凭感觉啊。视线落在下方，从表情上看，像在做什么事儿。虽说看不见肩膀，但能看得出来，身体在用力。"

"拍照角度有点歪。我犹豫过，不知用这张行不行，但家母很喜欢这张照片。"

"安安静静的，是张好照片。"

"不过，侧面照还是不太好。人家进香时，她都没看着进香人。"

"啊？倒也是。"

"脸扭向一边，还低着头。"

"确实。"

菊治想起夫人辞世前一天点茶时的情景。

夫人手持茶勺，泪水濡湿了茶釜。菊治主动走过去，端起茶碗。直到喝完茶，茶釜上的泪才干。刚一放下茶碗，夫人就倒在他膝头上。

"拍这张照片时，家母略胖些。"文子说，尔后，又含含糊糊地说，"再说，这张照片太像我了，供在这里，怎么说呢，怪难为情的。"

菊治猛地回过头。

文子垂下眼帘。这双眼睛一直在凝望菊治的背影。

菊治不得不从灵前起身，在文子对面坐下。

然而，对文子，他还能怎样致歉呢。

幸好，供花的花瓶是志野烧水罐。菊治手扶榻榻米，轻轻凑到跟前，像欣赏茶具那样欣赏着它。

白釉里透出一抹红，冰凉又温热，釉面润泽。菊治伸出手，碰了碰它。

"柔和，像梦一样。我们家也很喜欢好的志野烧"。

本想说那"梦"出自柔和的女人，但还是略去了"女人"二字。

"要是喜欢，就送你了，当作家母的纪念物。"

"不不。"

菊治赶紧抬起头。

"别客气，收下吧，家母也会高兴的。这东西好像还不错。"

"当然是件好东西。"

"我也听家母说过，所以，把你送来的花插在里面了。"

菊治不禁热泪盈眶。

"那么，我就收下了。"

"家母一定会高兴的。"

"不过，我大概不会把它当作水罐用，当花瓶吧。"

"家母也拿他当过花瓶，你尽管用。"

"就是里头有花，也不是茶席上的花。茶道用具离开茶道，未免太凄凉。"

"我不会再学习茶道了。"

菊治回过头看了看，就势站起身。他把壁龛旁边的坐垫挪到靠近廊台这一侧，坐了下来。

文子一直礼仪周正，跪坐在菊治后方，与他保持一定距离，没有用坐垫。

由于菊治挪动了位置，文子成了独自坐在客厅正中央的模样。

她蜷起手指轻轻搭在膝头。眼看手要发颤，她赶紧握住。

"三谷少爷，请原谅家母。"

说着，文子深深地低下头。

菊治吓了一跳，以为低头的瞬间她那身体也会顺势倒下来。

"你言重了，请求原谅的应该是我。我连'请原谅'这句话都难以启齿，更不知该如何道歉，只觉得愧对文子小姐你，实在不好意思来见你。"

"该惭愧的是我们啊！"

文子露出羞愧的表情。

"真想找个地缝钻进去。"

她脸红了，从未施粉黛的双颊红到白皙修长的脖颈。文子劳心劳力，人很憔悴。

那淡淡的血色，反倒使人感到她患有贫血。

菊治心如刀割。

"令堂不知该有多恨我。"

"恨？怎么会？她怎么会恨少爷你呢。"

"呃，可是，把令堂逼上绝路的人，不是我吗？"

"我认为，她是主动寻死的。家母辞世后，我一个人琢磨，思考了整整一个礼拜。"

"自那之后，你都是一个人住吗？"

"是的，家母与我一直都是这样过来的。"

"是我把令堂逼上绝路的啊！"

"她是主动寻短见的。你要非说是自己逼死了她，还不如说是我逼死她的呢。母亲死了，就必须怨恨谁的话，只能怨恨我自己。让别人负责或感到后悔，那么，家母的死就变成阴暗的、不纯的东西了。我是觉得，在残留的回忆中反省与后悔，这将成为死者的沉重负担。"

"的确，或许是这样。不过，如果我没有与令堂见面……"

菊治说不下去了。

"只要你能原谅死者，就足够了。或许，家母也是为了求得你的原谅才死的。你能原谅家母吗？"

说着，文子站起身，走开了。

文子这番话，仿佛卸下了菊治脑海里的那层帷幕。

减轻死者的负担——这种事，真能做到吗？

因死者而烦恼与痛骂死者类似，是否都存在很多肤浅的误解呢。死者不会把道德准则强加在活人身上。

菊治再次凝视起夫人的照片。

二

文子端着茶盘走进来。

茶盘里放着两只筒茶碗，一只赤乐，一只黑乐①。她把那只黑乐放在菊治面前。

一杯粗茶。

菊治端起茶碗，瞧了瞧茶碗底部的"乐"印，生硬地问："谁的？"

"我想，是了入的。"

"赤乐也是他的？"

---

① 赤乐、黑乐：乐茶碗根据釉色分为赤乐与黑乐两种，赤乐施红釉，黑乐施黑釉。

"是。"

"是一对儿吧。"

说着，菊治看了看那只赤乐。

文子把它放在自己膝前，一直没踫过。

这只筒茶碗用来喝茶相当趁手，可是，菊治脑海里忽然浮现出一种令人讨厌的联想。

文子的父亲已过世但菊治的父亲仍健在时，父亲到文子的母亲这儿来时，这对乐茶碗，不就取代了一般茶杯？菊治的父亲用黑乐，文子的母亲用赤乐，成了夫妻对碗，不是吗？

真是了入所作，就不用那么珍惜了。或许，二人旅行时也会带着这套茶碗呢。

若果真如此，知根知底的文子还为菊治端出这只茶碗来，玩笑开得未免太过。

然而，菊治并不觉得这是有意挖苦，或有什么企图。

他将之理解为少女特有的、单纯的感伤情绪。

甚至于，菊治也被这种情绪所感染。

或许，文子和菊治都因夫人的死而失魂落魄，无法与这异样的感伤情绪相抗衡。这对乐茶碗，同时加深了菊治与文子的悲伤。

菊治的父亲与文子的母亲之间发生过什么，文子的母亲与菊治之间又发生过什么，还有母亲的死，所有事情，文子一清二楚。

　　只有他俩能成为同谋，共同掩盖文子的母亲死于自杀这件事。

　　看样子，文子沏粗茶的时候哭过，眼睛微微发红。

　　"今天来府上拜访，算来对了。"菊治说，"我理解你刚才说的话。你的意思是说，死者与活人之间已经不可能就原不原谅产生对话，我最好改变看法，认为自己已得到令堂的原谅，对吗？"

　　文子点点头。

　　"不然，家母同样得不到你的谅解。尽管家母不会原谅她自己。"

　　"不过，我到这里来，与你这样面对面地坐着，或许是件很可怕的事。"

　　"为什么呢？"说着，文子看了看菊治，"你是说，她不该死？家母死时，我也很懊恼。不管曾遭受多大的误解，死亡都不能为她做出辩解。死亡就是拒绝一切理解。没有人能够原谅她啊！"

　　菊治沉默不语。原来，文子也曾探索过死亡的秘密。

　　没想到，能从文子嘴里听到"死亡就是拒绝所有理解"这句话。

　　如今，菊治所理解的夫人与文子所理解的母亲，很可能大不相同。

文子无法理解作为一个女人的母亲。

不论是原谅谁，或是被谁原谅，菊治都荡漾在如梦似幻的、女人的情感波浪间。

这对一黑一赤的乐茶碗，似乎也能勾起一种如梦似幻的心绪。

文子不曾了解过这样的母亲。

母体孕育出的孩子却不懂得母体，似乎有些微妙。不过，母亲的身体特征微妙地遗传给了女儿。

从文子迎到大门口时起，菊治就感受到一股柔情。文子那张柔和的圆脸也是。从这些特质中，能够看到她母亲的风采。

如果说，夫人是在菊治身上看到了他父亲的面容，才犯下过错，那么，菊治认为文子酷似她母亲，就是一种令人战栗的、仿若咒语的想法。不过，菊治甘愿接受这种诱惑。

只要看一看文子那小巧的、稍稍有点地包天的皲裂嘴唇，菊治就觉得，自己无法同她争辩。

到底怎么做，才能使这位小姐表现出反抗之心呢?

菊治闪过这样的念头。

"令堂也是个温顺的人，以致很难活下去。"菊治说，"尽管如此，我对令堂还是太残忍了。有时，难免会以这种形式把自己在道德上的不安都推给令堂。因为我这人既胆小又卑鄙。"

"是家母不好。她这人，没救了。无论是与令尊还是与少爷你保持关系，我都认为，那不是家母的本性。"

文子欲言又止，脸红了，脸上的血色比刚才看着还暖。

她稍稍侧过脸，低下头，像要避开菊治的视线。

"不过，家母过世的第二天起，我觉得她慢慢变美好了。这不是我的认知，大概是家母自行变美好了吧。"

"没什么区别吧，对一个死人而言。"

"也许，家母是忍受不了自己的丑陋，才死的。"

"我认为不是这样。"

"喘不过气，忍无可忍。"

文子含着泪。她想说的，大概是母亲对菊治的爱吧。

"死去的人已在我们心中成为永恒，珍惜它吧。"菊治说。

"不过，他们都死得太早了。"

看来，文子也明白，菊治指的是自己与文子的双亲。

"你我都是独生子女。"菊治接着说。

这句话，引发了他自己的联想。假如太田夫人没有文子这个女儿，或许，他与夫人的事，会把他封锁在更阴暗更扭曲的思维里。

"听令堂说，你对家父也很亲切。"

菊治终于把这话和盘托出。本打算顺其自然，有机会再说的。

父亲把太田夫人当作情人，经常往这家跑。菊治认为，对文子说说这个也无妨。

然而，文子忽然双手扶地，说道："请原谅。家母实在太可怜了……从那个时候起，她就已做好准备，随时赴死。"

说着，文子顺势瘫在榻榻米上，一动不动。不多时，她哭起来，肩膀也绷不住了。

菊治来得太突然，文子都没顾得上穿袜子。她把脚心藏在身后，那副模样，俨然蜷缩着身子。

散落在榻榻米上的头发几乎要蹭上那只赤乐筒茶碗。

文子捂住满面泪痕的脸，走了出去。

等了片刻，还不见她出来，于是，菊治说："今天就此告辞了。"

菊治朝门口走去。

文子抱着一个小包袱，追了上来。

"一点小意思。这个，请你带走吧。"

"啊？"

"志野烧。"

拿出鲜花，把水倒掉，揩拭干净，放入盒子，打包装好。动作之麻利，令菊治十分惊讶。

"这么快就能带走了吗？刚才还插着花呢。"

"请收下吧。"

文子甚是悲伤，动作才会那么迅速吧。

"那我就收下了。"

"收下就好，我就不去府上叨扰了。"

"为什么？"

文子没有回答。

"那么，请多保重。"

菊治刚要迈出门口，文子说："谢谢。啊，家母的事，请不要挂心，早些结婚吧。"

"你说什么？"

菊治回过头，文子却没有抬头。

三

菊治把志野烧水罐带回家，仍旧插上白玫瑰和浅色康乃馨。

太田夫人死后，自己才爱上她。菊治被这种心情所侵扰。

并且，他感到，自己这份爱是通过夫人的女儿文子才得到确认。

到了星期天，菊治尝试给文子挂电话。

"还是一个人在家吗？"

"是的。虽然一个人很寂寞。"

"一个人住是不行的。"

"哎。"

"府上静悄悄的，这动静，电话里也能听得见哦。"

文子莞尔一笑。

"请位朋友来同住，怎么样？"

"可是，总觉得人家一来就会了解到家母的事……"

菊治无言以对。

"一个人住，外出也不方便吧？"

"不会，把门锁上，就能出去。"

"那么，光临光临寒舍？"

"谢谢，过些日子吧。"

"身体怎么样？"

"瘦了。"

"睡得好吗？"

"夜里基本睡不着。"

"这怎么行呢。"

"过些日子，或许会收拾收拾，搬到朋友家，租间房住。"

"'过些日子'是指什么时候？"

"房子成交后就走。"

"房子？"

"是的。"

"你打算卖房子吗？"

"是的。你不觉得，卖了更好吗？"

"难说，或许吧。我也想把自家的房子卖掉。"

文子没说话。

"喂喂？在电话里说这些，说了也白说。今天星期天，我在家，能来吗？"

"好。"

"你送的志野烧水罐，我插了进口花朵。要是能来，请把它当水罐用。"

"要点茶？"

"也不一定要点茶。不过，不把志野烧当水罐用一回，太可惜了。何况，茶具还是得和其他茶道用具配合使用，以求相互辉映，不然，就显现不出真正的美。"

"可是，我今天的模样比上次见面时更寒碜，我去不了。"

"没有别的客人来。"

"可是……"

"是吗？"

"再见。"

"保重身体。好像有人来了，再见。"

来客是栗本近子。

菊治绷着脸，担心刚才的电话是不是被她听见了。

"连日阴雨，难得遇上个好天气。"

近子寒暄着，视线早就落在志野烧上了。

"过阵子就要入夏，茶道课程要空一空，我想到府上的茶室来坐坐。"

近子拿出点心跟扇子等小礼物。

"茶室怕不是又有霉味了？"

"可能吧。"

"这是太田家的志野烧吧，让我看看。"

近子若无其事地说着，朝花那边膝行而去。

双手扶地低下头来时，她那骨骼粗大的双肩呈现出怒气冲冲口吐恶言的架势。

"买下来了？"

"不，是送的。"

"送这个？收了件相当珍贵的礼物呀。是遗物吧？"

近子抬起头，转向菊治。

"这么贵重的东西，还是买下来的好，不是吗？让小姐送，总觉得有点吓人。"

"嗯，我考虑考虑。"

"请务必照办。太田家的茶具，好多都跑到咱家来了。不过，那都是令尊买下来的。就算照顾太田太太，也会花钱买的。"

"这些事，我不想听你说。"

"好好。"

说着，近子忽然轻轻站起身。

对面传来她与女佣谈话的声音。她套上烹饪服，走了出来。

"太田太太是自杀的吧。"

近子冷不丁说道。

"不是。"

"哦？我立刻就明白过来啦。那位太太身上总带着一股妖气。"

近子看了看菊治。

"令尊也说过，那位太太是个很难捉摸的女人。虽然以女人的眼光来看并非如此。她呀，总是装出一副天真的模样，同我们合不来，性格黏糊糊的。"

"别再说死人的坏话了。"

"话虽这么说，可是，连你的婚事，死人都来搅和了，不是吗？就说令尊吧，在那位太太手上，也遭了不少罪。"

遭罪的恐怕是你吧，菊治心想。

父亲不过是在近子身上短暂地找个乐子。太田夫人并没有招惹近子，可近子或许已经恨透了直至父亲过世前还跟父亲相好的太田夫人。

"菊治少爷，像你这样的年轻人，是看不懂那位太太的。她死了反而更好，不是吗？这是实话。"

菊治把脸转向一边。

"连你的婚事，她都要搅和，这可不能忍。她到底感到难为情，可又按捺不住自己的秉性，这才寻死。准是这样。她这种人，肯定以为死后还能见到令尊呢。"

菊治打了个寒战。

近子走到庭院里，说："我也要在茶室里镇定一下心神。"

菊治直挺挺地坐了一会，看着那些花。

花朵上的洁白与浅红和志野烧上的釉色融为一体，仿佛一片朦胧的云雾。

菊治的脑海中浮现出文子独自在家俯身哭泣的身影。

母亲的口红

一

刷完牙回到卧室时，女佣已将牵牛花插进了葫芦壁瓶。

"今天，我该起了。"

说归说，菊治又钻进了被窝。

他仰卧着，头枕在枕上，脖子扭向一旁，望着挂在壁龛一角上的花。

"有一朵已经开了。"

女佣已经走开，人在隔壁房间。

"今天也请假休息吗？"

"嗯，再休息一天。不过，我会起来的。"

由于感冒头痛，菊治已经四五天没去公司上班了。

"哪来的牵牛花？"

"庭院边上摘的。它缠着茗荷，开了一朵花。"

大概是株野生牵牛花吧。花朵是常见的靛蓝色，藤蔓纤细，花朵和叶片都很小。

不过，插在古色古香的、漆面红得发黑的葫芦里，绿叶和蓝花垂落下来，给人一种凉爽的感觉。

女佣是父亲在世时就一直干下来的，所以，略通雅趣。

壁瓶上印着一枚漆色轻薄的花押，陈旧的壁瓶收纳盒上也印有"宗旦"字样。若是真品，就是只三百年前的葫芦了。

菊治不太懂茶道里的插花规矩，就连女佣，也不是很有心得。不过，清早点茶以牵牛花作衬，倒也不错。

将一个早上就凋谢的牵牛花插在有三百年历史的葫芦壁瓶里——想到这儿，他凝视了半晌那葫芦。

或许，比起在三百年前的志野烧水罐里插入进口花朵，还是眼前这样更加协调。

然而，这朵新鲜的牵牛花能保持多长时间呢？菊治感到不安。

菊治对侍候他用早餐的女佣说："那朵牵牛花，眼看着就要凋谢，其实不然。"

"是吗。"

菊治想起一件事。他打算过，想在文子送他的、也是其母亲之遗物的志野烧水罐里插上一枝牡丹。

把水罐拿回家时，牡丹的季节已经过了。不过，当时，说不定牡丹仍在某些地方盛开着。

"我都忘了家里还有这么个葫芦，找了好久吧？"

"是。"

"你是不是见过老爹在葫芦里插牵牛花？"

"没有。牵牛花跟葫芦都是蔓生植物，所以，就试了试。"

"啊？蔓生植物？"

菊治笑了，有点沮丧。

看着看着报纸，菊治觉得脑袋昏沉沉的，就在饭厅里躺下了。

"被褥还没收拾呢吧？"菊治问。

话音刚落，正在洗洗刷刷的女佣边擦干湿手边走进来，说："这就去收拾。"

随后，菊治走进卧室一看，壁龛里的牵牛花不见了。

壁龛墙上也没了葫芦壁瓶。

"唉。"

女佣大概不想让菊治看到快要凋谢的花朵。

听到那句"牵牛花跟葫芦都是蔓生植物"时，菊治不禁笑出声来。父亲的生活习惯，似乎透过女佣的举止保留了下来。

然而，志野烧水罐依然大摇大摆地摆在壁龛正中央。

若文子过来看见了，肯定会觉得菊治怠慢了这水罐。

把文子给的水罐带回家后，菊治立刻插上了白玫瑰和浅色康乃馨。

在母亲的骨灰盒前，文子就是这样做的。头七那几天，文子为母亲插上的，就是菊治供奉的白玫瑰和康乃馨。

菊治抱着水罐，回家的途中，在同一家花店——昨天请人把花送到文子家的那个花店——买回了同样的花。

可是，后来，哪怕只是摸摸水罐，心里也会扑通扑通乱跳，因此，菊治再也没有插过花。

有时在大街上走，看见中年妇女的背影，忽地一下，会被强烈吸引住。反应过来时，菊治喃喃自语，不禁黯然，"简直像个罪人"。

反应过来之后再看，那背影，并不像太田夫人。

只是丰满的腰臀曲线略像而已。

菊治瞬间兴起一股令人颤抖的渴望，同一瞬间，甜甜的陶醉与可怕的震惊重叠在一起，人仿佛刚从犯罪瞬间清醒过来。

"是什么促使我成为罪人呢？"

菊治像要甩开什么似的，向自己发问。可是，做出回应的，是那愈发强烈的、想要见到夫人的念头。

时不时会感受到一种活生生的、来自过世之人的肌肤触感。菊治心想，若不摆脱这种幻觉，自己就没救了。

有时，他也会这样想：道德上的苛责，果然会使感官产生出一种病态。

把志野烧水罐收进盒子里后，菊治钻进被窝里

视线刚一转向庭院，外面就开始打雷。

雷声虽远，却很激烈，并且，声音越来越近。

闪电在庭院里的树木上方掠过。

然而，阵雨先声夺人，雷声远去了。

雨势强劲，溅起庭院中的泥土。

菊治爬起来，给文子挂电话。

"太田小姐搬走了。"对方说。

"啊？"

菊治大吃一惊。

"不好意思，我挂了。"

文子已经把房子卖了，菊治心想。

"你知道她搬到什么地方去了吗？"

"哦，请稍等。"

似乎是位女佣。

很快地，她回到电话机旁，好像在念字条，把地址告诉菊治。

房东姓户崎，也有电话。

菊治给那家挂电话。

文子的声音意外地爽朗。

"让你久等了，我是文子。"

"文子小姐吗？我是三谷。我给你家挂了电话。"

"抱歉。"

文子压低嗓门，声音颇似她母亲。

"什么时候搬走的？"

"啊，嗯……"

"怎么没有告诉我呢。"

"这段时间一直住在友人家里。房子已经卖掉了。"

"哦。"

"要不要把新地址告诉你，我犹豫过。一开始，就没打算说。后来，觉得还是不能告诉你。可是，近来又后悔为什么不告诉你。"

"当然会后悔吧？"

"啊，你也这么想吗？"

聊着聊着，菊治感到神清气爽，仿佛身心被洗涤过一样。透过电话，也能有这种感觉吗？

"一看到你送我的志野烧水罐，就很想见你。"

"是吗？家里还有一件志野烧呢，是只小号筒状茶碗。那时，我想过，要不要连同水罐一起送你？不过，家母曾用它来喝茶，茶碗边上还带着口红的印迹，所以……"

"啊？"

"家母是这么说的。"

"令堂的口红能够沾在陶器上而不掉？"

"不是不掉。那件志野烧本来就带点红，家母说，口红一沾上茶碗边缘，擦也擦不掉。家母辞世后，一看那茶碗边，有一处似乎显得格外红。"

文子是无意间说出这句话的吗？

菊治几乎听不下去。

"这边的阵雨很大，你那边呢？"

"倾盆大雨。雷声真吓人，我都缩成一团了。"

"这场雨过后，会凉爽些吧。我也休息了四五天，今天在家。如果你愿意，请来找我。"

"谢谢。本来盘算着，要上门拜访也要等找到工作以后。我想出去做事。"

没等菊治回答，文子接着说："接到你的电话，我很高兴，我这就去拜访。虽然我觉得，不应该再去见你……"

菊治等待着阵雨过去，并让女佣把被褥收起来。

能把文子请来，菊治自己也颇感惊讶。

然而，更加始料未及的是，他与太田夫人之间那罪孽的阴影，竟由于听了她女儿的声音而消失得一干二净。

难道，女儿的声音，会使人感到母亲仿佛还活着？

刮胡子时，菊治把带着肥皂沫的胡碴儿甩在庭院树木的叶子上，让雨滴濡湿它。过了晌午，寻思着文子也该来了，到门口一看，原来，来的是栗本近子。

"哦，是你。"

"天气热起来了。久疏问候，来看看你。"

"我有点不舒服。"

"这可不妙，气色也不好。"

近子皱起眉头，望着菊治。

若是文子，该穿一身洋装。听见木屐声，怎么会竟错以为是文子来了呢。真滑稽，菊治想。

他边想边说："整牙了吧？好像年轻多了。"

"梅雨天嘛，闲着也是闲着。整得太白了，不过，很快就会恢复自然，没关系。"

近子走进菊治刚才躺着的客厅，望了望壁龛。

"什么都没摆，清爽宜人，对吧？"菊治说。

"是啊，梅雨天嘛。不过，摆点花也行。"

近子转过身，问道："太田家那件志野烧怎么样了？"

菊治没说话。

"还是退回去为好，不是吗？"

"退不退是我的自由。"

"话不能这么说。"

"至少不该受你指挥吧。"

"话不能这么说。"

近子满嘴白生生的假牙，边笑边说："今天我来，是有件事想要征求你的意见。"

话音刚落，她突然张开双手，像在驱赶什么似的。

"得把妖气从这屋里赶出去，不然……"

"你别吓唬人。"

"作为媒人，我今天要提出一个要求。"

"如果还是稻村小姐的事，承蒙美意，我拒绝。"

"哎呀，不要因为讨厌我这个媒人，就把这门中意的亲事给推掉，太小家子气了。媒人搭桥，你只管在桥上走就行。令尊当年就毫无顾忌地利用我。"

菊治一脸厌烦。

近子有个毛病，说得越起劲，肩膀就耸得越高。

"这是当然的，毕竟我与太田夫人不同。我无足轻重。这种话，不需要隐瞒，哪怕来找我说一次也好。遗憾的是，在令尊的外遇数字里，我甚至排不上号。还没开始，就已经结束了。"

说着，近子低下头。

"不过，我不恨他。后来，我们一直处于这种状态——只要我对他有用，他就毫无顾忌地利用我。男人嘛，利用有过关系的女人是很方便的。承蒙令尊的关照，我也学到了丰富且健全的处世常识。"

"唔。"

"所以，请你利用我这健全的常识吧。"

菊治被这痛痛快快的发言所吸引，顿觉恍然大悟。

近子从腰间抽出扇子。

"人嘛，男人味太冲或女人味太浓，都是学不到这种健全的常识的。"

"哦？这么说，常识是中性的喽？"

"这是挖苦人吗？不过，一旦变成中性立场，就能清清楚楚地看透男人和女人的心理。你就没想过吗，太田家是母女俩相依为命，她怎么可能留下女儿慷慨赴死呢？在我看来，那人八成有什么企图，以为自己死后，你会照顾她的女儿。"

"胡说。"

"我仔细琢磨，恍然大悟，才解开这个疑团。我总觉得，太田夫人是用自己的死搅和了你这门亲事。她的死非同一般，一定有门道。"

"你这纯属异想天开。"

说归说，菊治还真觉得自己的胸口被近子这种异想天开的想法捅了一刀。

好比眼前掠过一道闪电。

"少爷，你把稻村小姐的事告诉太田夫人了吧。"

被说中了。不过，菊治佯装不知。

"不是你给太田夫人挂电话，说我婚期已定吗？"

"是，是我告诉的。我对她说，请你不要搅和。当晚，太田夫人就死了。"

菊治沉默了。

"可是，少爷，我给她挂电话的事，你是怎么知道的？她是不是来找你哭诉过？"

菊治如同遭受当头一棒。

"没错吧？她还在电话里'啊'地喊了一声呢。"

"这么说来，是你害了她。"

"这么想，你就解脱了，是吧。我当惯了反派角色，令尊也早已把我当作随时可充当冷酷反派角色的女人。虽说谈不上报恩，不过，今天我是主动来充当这个反派角色的。"

在菊治听来，近子像是在吐露她那根深蒂固的妒忌与憎恶。

"背后的门道，就当不知道吧。"

说着，近子垂下眼帘，仿佛在看自己的鼻子。

"少爷，你皱起眉头，把我当作好管闲事的讨厌女人就行。用不了多久，我就能让那充满魔性的女人远离你，好让你缔结良缘。”

“能不能不要再提良缘这话题？”

“行行，我也不愿意跟太田夫人的事扯在一起。”

近子的声调柔和起来。

“太田夫人并不是个坏人。自己死了，想不言不语地将女儿许配给少爷你，这不过是种期盼，所以……”

“又开始瞎说八道。”

“本来就是嘛。少爷，你以为她活着的时候，一次都没想过要把女儿许配给你吗？你要真这样想，就太糊涂了。不论是睡了还是醒着，她都一门心思地想令尊，跟着了魔似的。痴情倒也痴情。半梦半醒中，把女儿也卷进来了，最后，搭上了性命。不过，在旁观者看来，这是一种可怕的作祟或诅咒。她编织了一张魔性之网。”

菊治与近子对视着。

近子眯起那双小眼睛。

她直勾勾地看着菊治，菊治只好把脸转向一旁。

菊治畏畏缩缩，任由近子滔滔不绝。虽说从一开始他就处于弱势地位，但他会这样，恐怕更多的是因为自己被那离奇的言论所震惊。

死去的太田夫人果真希望女儿文子同自己结婚吗？菊治连想都没想过。再说，他也不相信这话。

近子是出于妒忌，才信口雌黄的吧。

这样的猜疑，同近子胸前那块丑陋的痣一个样。

不过，对菊治来说，这离奇的言论犹如一道闪电。

菊治感到害怕。

难道，自己不曾有过这样的期盼？

继母亲之后，心思转移到了女儿身上，这种事，世间并非不存在。可是，一边沉醉在其母的怀抱中，一面不知不觉地倾心于其女儿，自己要是没有注意到这点，就真成了魅力的俘虏，不是吗？

仔细想想，自从遇见太田夫人，自己的性格仿佛来了个一百八十度大转变。

他感到麻木。

"太田家的小姐来了。她说，要是府上有客，就改天再来。"女佣过来报告。

"不能让她走。她走了吗？"

菊治站起身，走了出去。

二

"刚才……"

文子牵动白皙且修长的脖颈，仰望菊治。

从喉间到前胸，身体凹陷处呈现出一层淡黄色的阴影。

不知是光线的原因还是消瘦了的缘故，看见这淡淡的阴影，菊治放下心来，松了一口气。

"栗本来了。"菊治直言相告。

刚走出门口时，菊治还有点拘谨，一见到文子，反而觉得轻松了。

文子点了点头。

"看见师傅的阳伞了。"

"啊，这把洋伞啊。"

那是一把灰色的长柄洋伞，靠在门边上。

"要不，你到厢房的茶室里等一会儿，好吗？栗本那老太婆，马上就走。"

说归说，菊治却对自己产生了怀疑。明知文子会来，为什么没有把近子打发走呢？

"我倒无所谓。"

"是吗？那就请吧。"

文子似乎并不知晓近子的敌意，一进客厅，就同近子寒暄起来，对近子前来吊唁她母亲表达了一番谢意。

近子像看着徒弟做茶道练习时那样，微微耸起左肩，昂首挺胸，说道："令堂秉性温柔——这世道容不下温柔的人——看着她，就像看着最后的一朵花凋谢。"

"也没有温柔到这个程度嘛。"

"留下你孤身一人，恐怕她心里也很放不下吧。"

文子垂下眼帘，紧紧抿住那地包天的下唇。

"很寂寞吧？也该来练习茶道了。"

"啊，这个嘛……"

"可以解闷哟。"

"我已经没有资格学习茶道了。"

"这叫什么话。"

近子松开膝上交叠着的双手，说："其实吧，梅雨天也快过去了，我想给这里的茶室通通风，就选了今天，登门拜访。"

说着，近子瞥了菊治一眼。

"既然文子也在，你意下如何？"

"啊？"

"请让我用一下令堂的遗物，那件志野烧。"

文子抬起头，看着近子。

"大家一起聊聊令堂的往事吧。"

"可是，在茶室里哭起来，那多讨厌啊。"

"嗨，哭就哭嘛，没关系。菊治少爷一旦有了夫人，我就不能随便进茶室了。虽然是间满是回忆的茶室。"

近子笑了笑，故作庄重。

"我是说，如果与稻村家的雪子小姐定了亲的话。"

文子点点头，表情不为所动。

然而，酷似其母的圆脸上显现出憔悴的神色。

菊治说："说些八字没有一撇的事，人家会不知所措的。"

"我说的是'假如'嘛。"近子反驳道，"好事多磨。所以，事情还没定下来之前，文子小姐，请当作没听过吧。"

"是。"

文子再次点头。

近子喊来女佣，站起身，去打扫茶室了。

"这儿，树荫底下，树叶还湿着呢，小心点！"

庭院里传来近子的声音。

三

"早上通电话时，电话那头都能听见这里的雨声吧。"菊治说。

"电话里也能听见雨声吗？我倒没注意。这庭院里的雨声，电话那头能听见吗？"

文子把视线转向庭院。

树丛对面，传来近子打扫茶室的动静。

菊治也望着庭院，边看边说："我也不认为电话里能听得见你那边的雨声。不过，后来却有这种感觉。好大一场阵雨呢。"

"嗯，雷声太可怕了。"

"对对，在电话里，你也是这么说的。"

"连这些微不足道的小事，我也很像家母。一打雷，母亲就会用和服袖兜捂住我的小脑袋。夏天外出时，家母总要望望天空，说声：'今天会不会打雷呢'？直到现在，一打雷，还是很想用袖兜捂住脸。"

从肩膀到前胸，文子不自觉地表现出一副腼腆的姿态。

"我把那只志野烧茶碗带来了。"

说着，文子起身走了出去。

折回客厅时，她把带着包装盒的茶碗放在菊治面前。

可是，菊治有些犹豫。文子把盒子拽到自己面前，拿出茶碗。

"令堂也用这只乐烧筒茶碗喝过茶吧。了入的作品？"菊治说。

"是的。不过，家母说，不论黑乐还是赤乐，用它喝粗茶或煎茶，色彩上都不协调。她常用的茶碗，是这只志野烧。"

"是啊，用黑乐茶碗，粗茶的颜色就看不见了。"

见菊治无意将放在那里的志野烧筒茶碗拿到手上来观赏，文子又说："虽然不见得是件上乘的志野烧。"

“哪里。”

菊治还是没有伸出手。

正如今早文子在电话里说的那样，这是只白釉里隐约透着红的志野烧。看着看着，就觉得那抹红仿佛要从白釉里浮出来似的。

并且，茶碗边缘带点浅茶色，有一处，茶色略浓。

那就是接触嘴唇的地方吧。

看上去像沾了茶锈，但也可能是嘴唇碰脏的。

再看看那抹浅茶色，里头果然带着红。

正如今早文子在电话里说的那样，难道，真是其母的口红渗入釉中留下的痕迹吗？

这么一想，细看之下，连釉面细纹都呈现出一种茶赤参半的色泽。

那颜色，宛如褪色的口红，又似枯萎的红玫瑰。并且，一想到这颜色酷似沾在什么东西上的陈旧血渍，菊治心里就犯嘀咕。

这颜色，既带着令人作呕的污秽，也带着摄人心魄的诱惑。

茶碗的胴部带着黑青色，只绘了一些宽叶草。草叶间偶尔带出一抹铁锈红。

这些草画得单纯又健康，仿佛驱散了菊治那病态的肉欲心理。

这茶碗，看上去姿态凛然。

"很不错啊。"

说着，菊治把茶碗端在手上。

"我不识货。不过，家母喜欢它，常用它喝茶。"

"这茶碗，女人用正合适。"

从自己的话里，菊治又一次感受到文子的母亲那鲜活的女性胴体。

可话又说回来了，文子为什么要把这只沾着其母口红的志野烧茶碗拿给他看呢？

菊治不明白，文子到底是天真，还是满不在乎？

不过，那种逆来顺受的态度，他还是能够感受到的。

菊治把茶碗放在膝盖上，转动观赏，不过，手指避开了接触嘴唇的茶碗边缘。

"请收好。让栗本那老太婆看到，又不知会说什么，烦得要死。"

"是。"

文子把茶碗放进盒里，重新包好。

本打算把它送给菊治，这才带来的，可是，似乎错失了送出的良机。或许，菊治不喜欢这件东西，文子想。

文子站起身，又把那小包放回大门口。

近子伛偻着身子，从庭院里上到客厅。

"能把太田家的水罐拿出来吗？"

"用自己家的东西不好吗？再说，太田小姐也在场。"

"瞧你说的。就因为文子小姐在，才用呀，不是吗？这件志野烧是遗物，可以借着它回忆回忆她母亲嘛。"

"可是，你不是恨太田夫人吗？"菊治说。

"有什么可恨的呢，我们只是脾性合不来。憎恨死去的人是没用的。脾性合不来嘛，所以不了解她。不过，相对的，有些地方，我反而能看透那位夫人。"

"你的毛病，就是非要看透别人。"

"做到让我看不透才好嘛。"

文子出现在走廊上，随后，在门框边落了座。

近子耸耸左肩，回过头来。

"我说，文子小姐，能让我们用一下令堂的志野烧吗？"

"啊，请用。"文子回答。

菊治把刚收进壁橱里的志野烧水罐拿了出来。

近子飞快地将扇子别进腰间，抱着盒子，向茶室走去。

菊治也走到门框边来，说："早上通电话时，听说你搬家了，我大吃一惊。房子之类的，都是你一个人处理的吗？"

"是的。不过，买家是熟人，手续比较简单。这位熟人暂住大矶，房子比较小，说是愿意同我交换。可是，房子再小，我也不能一个人住呀。我得上班，还是租房方便些。因此，暂住在朋友家里。"

"工作定了吗？"

"还没有。真到紧要关头，却没什么一技之长……"

说着，文子轻笑一声。

"本打算工作定下来之后再来拜访。没了房子，也没工作，浑浑噩噩漂泊不定的时候来见你，未免太凄凉了。"

这种情况下来才好——菊治很想说出这句。本以为，文子会变得孤苦伶仃，但她看上去并不显得特别寂寞。

"我也想把房子卖掉，但我这人一向拖拖拉拉。不过，有心要卖嘛，所以，连屋檐下的排雨槽也没修，榻榻米成了这副模样，也没法更换席面。"

"你不是要在这房子里结婚吗，到时再修。"文子直率地说。

菊治看了看文子，说："别信栗本那套说辞。眼下，你觉得我能结婚吗？"

"因为家母？如果家母曾使你如此伤心，现在，她已经尘归尘、土归土了。"

四

近子到底是个中行家，很快就把茶室布置好了。

"这些布置，你看如何？与水罐搭调吗？"

近子问菊治，可惜菊治不懂。

既然菊治答不出，文子自然也不言语。菊治和文子都望着志野烧水罐。

在太田夫人的骨灰盒前，它是个花瓶；如今，它找回了水罐本身的作用。

先前，水罐在太田夫人手里；现在，是栗本近子在处理它。

太田夫人辞世后，水罐传给了女儿文子，文子又把它送给了菊治。

这就是这只水罐的奇妙命运。或许，茶道用具，大抵如此。

从被烧制出来到太田夫人拥有它，相隔三四百年。这期间，水罐不知道曾辗转流传于多少位命运各异的人物之手。

"志野烧水罐放在茶炉和烧水用的铁釜旁，更像一位美人了。"菊治对文子说。

"不过，它那强韧的姿态，绝不亚于铁器啊。"

志野烧的白色釉面润泽光亮，仿佛发自内心深处。

菊治在电话里对文子说过，一看到这件志野烧，就想见她。难道，她母亲的白皙肌肤里，也深深蕴藏着女人的韧性吗？

天气炎热，菊治把茶室的拉门打开了。

文子跪坐着，身后，窗外的枫叶一片碧绿。叶片层层交叠，叶影婆娑，落在文子头发上。

文子脖颈修长，脖颈以上的部分映照在窗外投进来的亮光中。胳膊像是初次露在短袖洋装之外，白皙中带着一点青绿。人并不胖，肩膀却很圆润，胳膊也肉乎乎的。

近子也望着水罐。

"水罐嘛，不用在茶道上，就显不出它的灵性来。随便插上几枝进口花朵，太委屈它了。"

"家母也用它插过花呢。"文子说。

"令堂传下来的水罐到了这里，真像做梦一样。不过，想必令堂也是高兴的。"

或许，近子是想挖苦一下。

文子却若无其事地说："家母也拿水罐当过花瓶。再说，我已经不再学习茶道了。"

"不要这样说嘛。"

近子环顾了一下茶室，说："能在这儿坐坐，心里还是很踏实的。虽然我各处茶室都跑遍了。"她望着菊治，"明年是令尊逝世五周年，忌日那天，办一次茶会吧。"

"是啊，把赝品茶具统统摆出来，再把客人请来，或许是件愉快的事。"

"胡说。令尊的茶具，没有一件是赝品。"

"是吗。不过，全是赝品的茶会，应该很有趣吧。"菊治对文子说，"这间茶室总带着一股发霉的臭味，办个都是赝品的茶会，没准能驱散这股晦气。就当是为老爹超度，从此，与茶道一刀两断。其实，我早就与茶道绝缘了。"

"你的意思是，这老太婆，啰唆得要命，就会摆弄茶室，是吗？"

近子飞快地用茶筅搅动茶汤。

"差不多吧。"

"不许你这么说！不过，要是结上新缘，断掉旧缘也未尝不可。"

近子说声"请吧"，将茶送到菊治面前。

"文子小姐，听了菊治少爷的玩笑话，你会不会觉得令堂的遗物来错了地方呢？一看见这件志野烧，我就觉得，令堂的面容仿佛映在了上面。"

菊治喝完茶，把茶碗放下，忽地转向水罐。

或许，映在那黑漆盖子上的身影，是近子的。

然而，文子只管心不在焉地坐着。

菊治搞不懂，文子是不想抵抗近子呢，还是无视近子呢。

她没有露出不愉快的神色。与近子共入茶室同坐一处，怪事一桩。

听近子提起菊治的亲事，文子没有表现出在意。

近子一向憎恨文子母女，每句话都有意羞辱文子，可文子没有表示反感。

难道，文子陷入深深的悲伤中，以致一切的一切都已成为过眼云烟？

难道，承受了母亲去世的打击，她就超越了这一切？

又或者，她继承了其母的性格，不为难自己，也不得罪他人，是个不可思议的、近乎无垢的纯洁姑娘？

而菊治，似乎并没有表现出努力保护文子的姿态，使她免受近子的憎恶与侮辱。

意识到这点时，他觉得自己才是个怪人。

在菊治眼里，最后才自己点茶自己啜饮的近子，也给人一种奇怪的印象。

近子从腰带里摸出一块表，看了看，说："这表太小，我老眼昏花，看起来很费劲……把令尊的怀表送给我吧。"

"他可没有怀表。"菊治反驳道。

"有啊，他经常用。去文子小姐家里时，也会带在身上嘛。"

近子故意装出一脸茫然。

文子垂下眼帘。

"是两点十分吗？两根指针叠在一起，模模糊糊的，看不清。"

近子表现出一副能干的样子。

"稻村家的小姐为我召集了一些人，今天下午三点，教她们学习茶道。去稻村家之前，我过来一趟，是想听听少爷你的回复，好做到心中有数。"

"请你明确回绝稻村家。"菊治说

尽管如此，近子还是笑着打马虎眼，说："好好，明确明确。"接着又说，"真希望那些人能够早日在这间茶室里学习茶道啊。"

"那就请稻村家把这栋房子买下来，不就得了？反正我最近也要把它卖掉。"

"文子小姐，我们一起去吧？"近子不理菊治，转过身来，对文子说。

"是。"

"我得赶紧收拾。"

"我来帮忙。"

"哦。"

可是，近子根本不等文子，飞速走到清洗茶具的水屋去了。

耳边传来水声。

"文子小姐，这样真的好吗？不要跟着她走。"菊治小声说。

文子摇摇头，说："我害怕。"

"有什么可怕的？"

"我就是害怕。"

"那么，你就跟她过去，再回来。"

文子又摇了摇头，站起身，把膝盖后方的夏装皱褶抚平。

跪坐着的菊治差点伸出手去。

他以为文子没站稳。文子脸上飞起一片红潮。

近子提起怀表的事时，她眼圈微红；现在，她满脸羞涩，如同乍然绽放的花朵。

文子抱着志野烧水罐，朝水屋走去。

"哟，还是把令堂的东西拿来了？"

水屋里传来近子那嘶哑的声音。

双星

一

栗本近子到菊治家来，和他说，文子小姐和稻村小姐都结婚了。

夏令时节，八点半左右，天色依然很亮。吃完晚饭，菊治随意躺卧在廊台上，望着女佣买来的一笼萤火虫。不知从何时开始，萤火的白光蒙上了一层昏黄，天色也昏暗下来。不过，菊治并没有起身开灯。

菊治向公司请了四五天夏休假，去友人在野尻湖畔的别墅里度假，今天刚回来。

友人已经结婚，生了一个孩子。菊治对育婴一窍不通，孩子生下来有多少日子啦，与之相比孩子属于健壮还是瘦小啦，很难估算，他不知该怎么寒暄才好。

"孩子发育得真好。"

话音刚落，友人的妻子回答说："也不算好。生下来时小得可怜，最近才开始猛长身体。"

菊治在婴儿眼前晃了晃手。

"不眨眼呀。"

"孩子看得见。不过，得过些时候才会眨眼。"

菊治以为婴儿已出生数月，其实，孩子刚满百天。年轻的妻子头发稀疏，脸色也不大好，身上似乎还带着产后的憔悴感。可以理解。

友人夫妇的生活完全以婴儿为中心，从早到晚都在照看婴儿，菊治觉得自己是个外人。坐上回程的火车时，那位看起来很老实的友人之妻挂着一副毫无生气的憔悴面容，呆呆地抱着婴儿，身形纤弱。这个形象始终浮现在菊治的脑海中，无法抹去。友人本来同父母和兄弟姐妹住在一起，第一个孩子出生后不久，夫妻二人搬到了湖畔别墅。与丈夫过了一阵子二人世界的妻子有了安全感——大概已安全到了站着发呆的地步吧。

此刻，菊治回到家，随意躺卧在廊台上，再次回想起那位友人之妻的身姿。这份回忆，带着一种神圣的感伤之情。

这时，近子来了。

她冒冒失失地走了进来，说道："哎哟，黑灯瞎火的。"

随后，她在菊治脚边的廊台上落了座。

"单身汉真可怜呐，干躺着，连个为你开灯的人都没有。"

菊治把腿蜷缩起来。少顷，他满脸不悦，坐起身。

"请自便，躺着吧。"

近子用右手打了个手势，示意菊治躺下，重新寒暄了一番。她说，她去了京都，回来时，顺道去了趟箱根。在京都的茶道流派当主家，遇见了茶具店的大泉先生。

"难得相见，我们就畅谈了一番令尊的往事。他说，'带你去看看三谷先生的秘密基地'，于是，我被带到了木屋町的一家小旅店。那里可是令尊与太田夫人去过的地方！大泉还让我在那儿住下。说这种话，太没分寸了。一想到令尊与太田夫人都死了，就算是我，大半夜的，说不定也会害怕啊。"

菊治默不作声，心想，没分寸的是说这种话的你吧。

"菊治少爷，你也出过门。去野尻湖了吧？"

这是明知故问。其实，她一进门，就从女佣那里听说了。不等女佣传话，她就唐突地走了进来，这是她的一贯作风。

"我刚到家。"菊治满脸不高兴，答道。

"我三四天前就回来了。"说着，近子亦郑重其事，耸起左肩，"可是，我一回来，就听到一件令人遗憾的事，真叫人大吃一惊。是我疏忽了，我简直没脸来见少爷您呐。"

近子说，稻村家的小姐结婚了。

菊治吃了一惊。所幸，廊台上光线昏暗。他做出一副若无其事的表情，说道："是吗？什么时候？"

"这话说得，好像事不关己似的。真沉得住气啊！"

近子挖苦了一句。

"本来就是嘛。雪子小姐的事，我已经让你回绝过很多次了。"

"嘴上说说而已。就是想对我摆出这副面孔，对吧？'我从开始就不感兴趣，这多管闲事的老太婆却自作主张极力张罗，纠缠个没完，烦死人了！'然而，心里却在想，'这位小姐相当不错'。"

"胡说八道。"

菊治差点笑出声来。

"你还是中意这位小姐的吧？"

"是位不错的小姐。"

"我早就看出来了。"

"说小姐不错，不一定是想结婚。"

不过，听说稻村小姐已经结婚，菊治心头一紧。他有种强烈的渴望，想要在脑海里描绘出小姐的容貌。

菊治只见过雪子两面。

在圆觉寺的茶会上，为了让菊治观察雪子，近子特地安排雪子点茶。

雪子的点茶风格毫不做作，举止高雅。在嫩叶投影的拉门的映衬下，那身振袖和服下的肩膀和袖兜，乃至于头发，仿佛都熠熠生辉。这种印象一直留在了菊治的心底，可是，很难回想起雪子的长相。此时此刻，那时的红色袱纱方巾，以及走在去圆觉寺深处的茶室的路上时她手上那个缀有白色千只鹤的粉红色缩缅小包袱，再一次鲜明地浮现在脑海里。

后来，又见过她一次。雪子到菊治家来，点茶的是近子。即使到了第二天，菊治还是能从茶室中感受到小姐身上的芳香。小姐那条绘有鸢尾花样的腰带至今仍历历在目，她的倩影却难以捕捉。

就连三四年前亡故的父亲和母亲，都难以在脑海中明确地描绘出来。看到他们的照片后，才恍然大悟，点点头。或许，越亲近、越深爱的人，越是无法描绘；丑陋的东西，却很容易清晰地保留在记忆中。

雪子的眼睛和脸颊像光一样。这份记忆，是抽象的；可是，近子那块从乳房长到心窝的痣却像癞蛤蟆一样残留在记忆里，是具体的。

此刻，就算廊台上很暗，菊治也知道，近子的和服底下，多半穿的是那件白色小千谷缩麻料贴身长衫。即使在亮处，也不可能透过衣服看见她胸前那块痣。然而，在菊治的记忆里，他看见了。不是"太黑所以看不见"，而是"因为黑反倒能瞧得更清楚"。

"既然觉得这位小姐不错，就不该放过呀。像稻村雪子小姐这样的人，在这世上，可是独一份。就算花一辈子去找，也找不到同样的人。菊治少爷，这么简单的道理，你还不明白吗？！"近子口气严厉，"经验尚浅，要求倒是很高。少爷，再这样下去，你和雪子小姐的人生就会发生转变。小姐本来有意与少爷推进关系，如今却另觅他人，万一有个不幸，菊治少爷，不能说你一点责任没有吧？"

菊治无法作答。

"小姐的风貌，你看得一清二楚，对吧。'要是早几年与菊治少爷结婚就好了'——难道你就忍心让她后悔、忍心让她总是思念你吗？"

近子的声音里已满含恶意。

若雪子已然结了婚，近子为什么还要来说这些多余的话呢？

"一笼萤火虫。这时节，挂这个？"

近子伸了伸脖子，说："这时候，该挂一笼子秋虫，挂什么萤火虫？鬼火似的。"

"可能是女佣买来的。"

"女佣嘛，也就这个水平。菊治少爷，你要是肯修习茶道，就不会发生这种事了。日本是讲究季节的。"

听近子这么一说，萤火虫的光亮确实有些鬼火的意思。菊治想起野尻湖畔虫鸣的景象。萤火虫居然能活到这个时节，着实不可思议。

"要是有位太太，就不至于出现这种过时的清寂季节感了。"说罢，近子忽然又心平气和起来，"之所以努力给你介绍稻村小姐，是因为我觉得这是在为令尊效劳。"

"效劳？"

"是啊。你却躺在这黑灯瞎火的地方看萤火虫，连太田家的文子小姐也结了婚，你都不知道，不是吗？"

"什么时候？"

菊治一惊，比听见雪子已经结婚时更为震惊。他感到被人摆了一道，也不准备掩饰这份震惊。菊治那难以置信的表情，近子大概已看在眼里。

"我也是从京都回来才知道的，都听愣了。两人像约好了似的，哗啦哗啦，都嫁人了。年轻人办事，太草率了。"近子说。

"我还以为，文子小姐嫁出去之后，就不会有人来骚扰你了，谁知那时候稻村家的小姐早就把婚事办完了。在稻村家面前，我算是脸面都丢尽了。都怪菊治少爷你，太优柔寡断。"

不过，菊治仍然不相信文子会结婚。

"太田夫人到死都在骚扰你，不是吗。不过，文子小姐既已结了婚，太田夫人的魅力总该从这个家里消散了吧。"

近子把目光转向庭院。

"这样倒也干脆，庭院里的树木也该修整了。我知道，即使在暗处，树木的枝叶也随心所欲地长个不停，叫人不痛快。"

父亲已过世四年，菊治从没请过花匠来修整过庭院。庭院里的树木确实随心所欲地生长着，它们带着白天的余热，光闻这股气味，也能感知到这一点。

"女佣连水都没给浇吧。这点事，倒是吩咐她做呀。"

"少管闲事。"

尽管近子的每句话都让人皱眉头，菊治还是听之任之，由着她絮叨，讲个没完。每次遇见她，都是这样。

近子总是故意怄人生气，同时，又想讨好菊治，试图刺探菊治的心思。这套手法，菊治早已习惯。菊治露骨地反驳过她，同时，悄悄提防着她。近子心里也明白，但大部分时间佯装不知，偶尔也会表露出她明白菊治在想什么的意思。

并且，近子很少说令菊治感到意外进而动怒的话。她针对的是菊治那种带着自我嫌恶的思维方式。

看来，近子今晚来告知雪子和文子成婚的消息，也是想打探菊治的反应。她究竟是什么居心呢？菊治想，自己可不能大意。近子本想把雪子介绍给菊治，好让文子疏远菊治，现在，两位姑娘既然都已成家，菊治怎么想，便与近子毫不相干。然而，看样子，近子依然在追赶菊治的心之影。

菊治打算坐起身，去开客厅和廊台上的电灯。仔细想想，黑灯瞎火的，与近子这样谈话，有点可笑。况且，他与近子也没有亲密到这个程度。

连修整庭院树木的事她都要指手画脚，这种做派，菊治只当它是耳边风。可是，为了开灯而起身，菊治又懒得动。

近子刚进来时说过灯的话题，自己却无意起身开灯。她原本养成了在这种小事上勤快操劳的习惯，这也是维持家业的一种方法，可是，现在看来，她已不想再为菊治多尽义务。又或是，她年纪大了，作为茶道师傅，总想端点架子。

"我来，只是想替京都的大泉捎个口信。如果这边有意出售茶具，届时，希望交给他来办理。"近子的口气很平静，"菊治少爷，你与稻村小姐的亲事既已告吹，就该振作起来，开始另一段新生活。那时，或许茶具也没有用武之地了。从令尊那代起，我就是无用之人，我深感寂寞。不过，这间茶室也只有我来的时候才能通通风吧。"

嚯——菊治这才有所领悟。

近子的目的很明显。眼看菊治与雪子小姐的婚事已成败局，

116

她便放弃菊治，打算干最后一票，与茶具铺的老板合谋，弄走菊治家的茶具。大概，早在京都时，她就与大泉商量好了。

菊治并不生气，反倒觉得一身轻松。

"我连房子都想卖，到时，或许会麻烦你。"

"毕竟从令尊那代起就有过来往，对这个人，你大可放心。"

近子补了一句。

家中有多少茶具，近子大概比自己更清楚，菊治心想。或许，近子早已在心里盘算过了。

菊治把视线转向茶室。茶室前有棵大夹竹桃，白色的花朵正在怒放。朦胧间，只见一片白。夜色幽深，深到几乎难以划清天空与庭院树木的界限。

二

下班时，菊治刚要走出办公室，又被电话叫了回来。

"我是文子。"

电话里传来细细的声音。

"哦，我是三谷……"

"我是文子。"

"嗯，我知道。"

"唐突去电，真是抱歉。不过，有件事，不打电话道歉就来不及了。"

"哦？"

"其实，昨天，我给你寄了一封信，可是，忘记贴邮票了。"

"啊？我还没收到呢。"

"我在邮局买了十张邮票，把信发了。回家一看，邮票还是十张。我可真糊涂。我在想，怎么才能在信到之前向你致歉。"

"这点小事，不必放在心上。"

菊治边答边想，那封信，可能是结婚通知吧。

"是封报喜的信吗？"

"嗯？总靠电话跟你联系，给你写信，还是头一遭。该不该发出去，我拿不定主意，竟忘了贴邮票。"

"你现在在哪里？"

"东京站的公用电话亭里。外面还有人在等着打电话呢。"

"哦，公用电话。"

菊治不明就里，但还是说："恭喜你。"

"哎？托你的福，总算做成了。不过，你是怎么知道的呢？"

"栗本告诉我的。"

"栗本师傅？她是怎么知道的呢。真是个可怕的人啊。"

"不过，你也没机会再见她了吧。上次，电话里能听见阵雨声。"

"你是那么说的。当时，我搬到朋友家去住，犹豫着要不要告诉你。这次也是同样的情景。"

"我还是希望你能够通知我。我也是，从栗本那里听说后，拿不定主意，不知该不该向你道贺。"

"就这样不知所踪，未免太凄凉了。"

她的声音逐渐转弱，语声颇似她母亲。

菊治忽然沉默了。

"也许是不得不销声匿迹吧。"她顿了顿，又说，"房间脏兮兮的，只有六叠大小，不过，是跟着工作一起找到的。"

"啊？"

"一年当中最热的时候去上班，好累啊。"

"是啊。再说，刚结婚不久……"

"哎？结婚？你是说结婚？"

"恭喜你。"

"谁？我？讨厌。"

"你不是结婚了吗？"

"没有呀。现在这情况，我还有心思结婚？家母都那样了，刚刚去世……"

"啊！"

"这话，是栗本师傅说的吧？"

"是的。"

"为什么呢，真不明白。三谷少爷，听过之后，你信以为真了吧？"

这句话，文子像是同样在说给自己听。

菊治突然语声坚定，说道："电话里说不清楚，能不能见个面？"

"好。"

"我去东京站，请你在那里等我。"

"可是……"

"不然，约个地方见？"

"我不喜欢在外头与人相会，还是我到府上去吧。"

"那么，我们一起回去吧。"

"一起回去，还是等同于与人碰面呀。"

"那就先到我公司来？"

"不，我一个人去府上。"

"哦，那我立即回去。文子小姐，如果你先到，就先进屋吧。"

文子从东京站乘电车赶去，恐怕会比菊治先到家。不过，菊治总觉得可能会与她同乘一趟电车，就在拥挤的车站人群中边走边寻觅。

结果，还是文子先到他家。

听女佣说文子在庭院里，菊治也从大门旁走进庭院。

文子坐在白色夹竹桃下的石头上，那里有阴凉。

自从近子来过之后，这四五天，女佣总在菊治回来之前给树木浇上水。庭院里的旧水龙头还能用。

文子坐着的那块石头，下半部分仍旧湿漉漉的。若那株怒放的夹竹桃是茂盛的绿叶衬着红花，会很像烈日当空，可是，它开的是白花，于是，显得格外凉爽。一簇簇花朵温柔地摇曳着，簇拥着文子。文子穿一件白色纯棉衣裙，翻领和衣兜入口处带深蓝色细绳边。

夕阳自文子背后的夹竹桃上空投射到菊治面前。

"欢迎你来。"

说着，菊治亲切地迎上前去。

文子本打算先菊治一步开口说话，却没赶上。

"刚才，在电话里……"

说着，文子缩了缩肩膀。站起身时，像要转身回避一样。如果菊治再向她靠近，说不定会牵起她的手。

"你在电话里说了那种话，我才来拜访。我来否认这事。"

"结婚的事？我也很惊讶啊。"

"你惊讶，是因为我结婚了还是因为我没结婚？"

说着，文子垂下眼帘。

"都有。就是说，听说你结婚时吓了一跳，听说你没结婚时又吓了一跳。两次都让我震惊。"

"两次都吓着了？"

"可不是吗。"

菊治踩着踏脚石，边走边说："走这条路进屋吧。刚才，你完全可以进屋等我嘛。"

说着，菊治在廊台上坐下。

"前些日子我去旅行，回来后在这里休息，栗本来了，是个晚上。"

女佣在屋里喊菊治，大概是晚饭准备好了。离开公司时，他用电话吩咐过。菊治起身走进屋里，顺便换了身白色上等麻料制成的和服。

文子似乎也补过妆。

待菊治坐下后，她说："栗本师傅是怎么说的？"

"就说了句'听说文子小姐也结婚了'。"

"三谷少爷，一句话，你就信以为真了，是吗？"

"万万没想到，她会撒这个谎。"

"一点都没怀疑过？"

文子那大大的黑眼珠瞬间湿润了。

"现在这情况，我还能结婚吗？你觉得，我会那样做吗？

家母和我都很痛苦，也很悲伤，这些情绪还没有消失，我怎能……"

听了这些话，菊治有种其母还活着的错觉。

"家母和我都爱轻信别人，我们也相信别人能够理解自己。难道，这只是一种梦想？只是以水为镜映照出来的自我写照？"

文子泣不成声。

菊治沉默片刻，说道："前阵子，我问过你'现在，你觉得我还能结婚吗'，对吧？下阵雨的那天。"

"雷声很大的那天？"

"对。这句话，今天却是你在说。"

"那不一样，那……"

"你总爱对我说，'快结婚了吧'？"

"你……你的情况跟我不一样嘛。"

文子用噙满泪珠的眼睛凝视着菊治。

"三谷少爷，你跟我不一样呀。"

"怎么不一样了？"

"身份也不一样……"

"身份？……"

"是的，身份也不一样。不过，如果身份这两个字不合适，就说成身世灰暗吧。"

"意思是'罪孽深重'？有罪的是我吧。"

"不！"

文子使劲摇头，眼泪夺眶而出。一滴泪珠意外地顺着左眼角流到耳边，滴落下来。

"若说是罪，家母早就背负着它辞世了。不过，我并不认为那是罪。我觉得，那只是属于家母的悲。"

菊治低下头。

"若是罪，也许它永远不会消失，但是，悲伤会过去。"

"可是，文子小姐，说出身世灰暗这种话，令堂的死，不也会成为一种灰暗吗。"

"还是说成深深的悲伤吧，这样比较好。"

"深深的悲伤……"

菊治本想说，深深的悲伤与深深的爱一样，却欲言又止。

"比起谈这些，三谷少爷，你同雪子小姐的那桩婚事，与我有本质上的不同。"

文子像在把话题往现实里拽。

"栗本师傅似乎认为，是家母从中搅和了这桩婚事。之所以说我已经结婚了，是认为我也是搅局者吧。我只能这样想。"

"可是，据说那位稻村小姐也结婚了。"

文子松了口气，表情沮丧，又说："她撒谎。应该是谎言吧？这肯定也是谎言。"

说着，文子再次使劲摇头。

"什么时候的事？"

"稻村小姐结婚那事？就在最近吧。"

"肯定是骗人的。"

"她说'雪子小姐和文子小姐，两个人都结婚了'。我觉得，你结婚的事反倒更加可信。"菊治低声说，"不过，或许雪子小姐那边才是真的。"

"撒谎。谁会在大热天里结婚啊！只穿一层衣裳，都汗流浃背的。"

"说的也是。夏天就没有人举行婚礼吗？"

"唔，几乎……虽然并不绝对。婚礼仪式一般选在秋季。"

不知怎的，文子那湿润的眼眶里又涌出了新的泪珠。她凝视着滴落在膝上的泪痕。

"栗本师傅为什么要撒这种谎呢？"

"结结实实地骗了我。"

菊治也说。

可是，这件事为什么会使文子落泪？

至少，文子结了婚这句话是谎言，这毫无疑问。

说不定，雪子才是真结婚的那个。因此，可能是为了让文子疏远菊治，近子才说，文子也结了婚。菊治做出这样的猜想。

然而，光凭这样的猜想，还是说服不了自己。菊治仍然觉得"雪子结婚了"这句话，也像个谎言。

　　"总之，雪子小姐结婚一事真假难辨。在没弄清之前，不能断定栗本是不是在搞恶作剧。"

　　"恶作剧……"

　　"嗨，就当她是在搞恶作剧吧。"

　　"可是，如果我今天不给你挂电话，不就成了已婚之人了吗？这样的恶作剧，太过分了。"

　　女佣又在喊菊治。

　　菊治拿着一封信，从里屋走出来，说："你的信送到了，没贴邮票的那封。"

　　菊治刚要轻轻拆开这封信——

　　"不，不要！不要看……"

　　"为什么？"

　　"不要看！还给我。"

　　说着，文子跪坐着往前蹭，想从菊治手中夺回那封信。

　　"还给我嘛。"

　　菊治忽然把手藏到身后。

　　文子的左手顺势按在菊治的膝盖上。她想用右手把信抢过来，以至左手和右手的动作不协调，身体失去平衡，险些倒在菊治身上，她赶紧用左手向后撑住。可是，她仍想用右手去够菊治背后的信，于是，她尽量将右手向前伸。文子身体向右一扭，人向前倾，侧脸差点贴在菊治怀里。她灵活地把脸闪开，连按在菊治膝上的左手，也只是轻柔地碰了他一下而已。这轻柔的一触，怎能支撑得住她既向右扭又向前倾的上半身呢。

眼看文子就要刷地一下压上来，菊治的身体一下子僵硬了。可是，文子的身体意外地轻柔，他几乎要叫出声来。他强烈地感受到她是个女人，也感受到了文子的母亲太田夫人。

文子是在哪个瞬间把身子闪开的呢？又是在哪里撤去了力道呢？这是种天方夜谭式的温柔，是女人的本能，是一种奥秘。菊治以为文子会沉重地压在他身上，不料，文子带着温馨的芬芳，只是靠近他了一下而已。

气味很浓郁。在夏天，从早到晚都在工作的女性，体味会变得很浓烈。菊治感受到了文子的芬芳，也感受到了太田夫人的香味。那是太田夫人拥抱自己时的香味。

"哎呀，请还给我。"

菊治没有反抗。

"我要撕了它。"

文子转向一边，将自己的信撕得粉碎。汗水濡湿她的脖颈和裸露的胳膊。

险些倒下却又闪开身子时，她忽然脸色苍白；重新跪坐好后，她又满脸通红。好像就是在这个时候出的汗。

三

从附近饭馆叫来的晚饭总是那几样搭配，令人食之无味。

女佣照惯例在菊治面前摆上那只志野烧筒茶碗。

菊治忽然回过神来，文子也注意到了。

"呀，这只茶碗，你用着呢？"

"嗯。"

"伤脑筋。"

文子的声语调没有菊治那么羞涩。

"送你这种东西，我真后悔。在信里，我也提过这件事。"

"你写了什么？"

"没写什么，就是表达一下歉意，送了你一件无用之物。"

"这可不是什么无用之物。"

"又不是什么上乘的志野烧。家母平日里也把它当茶杯用。"

"我虽然是个外行，不过，这件志野烧不是挺好的吗？"

说着，菊治将筒茶碗端在手上欣赏。

"比这还好的志野烧可多着呢。你用了它，或许会想起别的茶碗，觉得别的志野烧更好。"

"我们家应该没有这种志野烧小茶碗。"

"就算府上没有，别处也能见到呀。要是用它时想起别的茶碗、觉得别的志野烧更好，家母和我，都会感到很悲哀啊。"

菊治"唔"了一声，倒吸一口凉气，又说："我已经与茶道绝缘，不会再看别的茶碗了。"

"世事难料，说不定还有机会看到。迄今为止，你一定见过比这个更好的志野烧。"

"照你这么说，要送人，只能送最好的喽？"

"没错。"文子干脆地抬起头，直视菊治，"我就是这样想的。信里也写过，'请你把它摔碎扔掉'。"

"摔碎？要把它摔碎？"

面对文子的步步紧逼，菊治企图蒙混过关。

"这只茶碗是志野古窑烧制的，估计是三四百年前的东西。最开始，或许是宴席上还是什么场合下使用的器皿，既不是茶碗也不是茶杯。不过，自从被当作小茶碗用，历经漫长的岁月，古人珍惜它，把它传承了下来。也许还有人把它收入茶盒随身带着，作远途旅行呢。不能因为你说要摔，我就把它摔碎啊。"

并且，文子母亲的口红渗入了嘴唇接触茶碗的地方。

文子的母亲似乎说过，口红一旦沾在茶碗边缘，就算擦也擦不掉。自从得到这只志野烧茶碗后，菊治也发现，有一处是显得特别脏，洗都洗不掉。当然，那不是口红的颜色，而是浅茶色。由于浅茶里带点微红，把它看成褪了色的旧口红印子也未尝不可。又或者，是志野烧本身带出的微红？再说，把它当茶碗用的话，接触嘴唇的地方就是固定的。因此，较之文子的母亲，这痕迹，说不定是之前的物主留下来的。

不过，最常使用它的，还是平日就将它当成茶杯来用的太田夫人吧。

把它当茶杯用，是太田夫人自己想出来的吗？难不成，是父亲想出来的点子？是他让夫人这么用的？菊治连这可能性都考虑过了。

他怀疑，太田夫人好像用这套了入烧制的、黑红一对儿的筒茶碗代替茶杯，与菊治的父亲凑出了夫妻对碗。

她把志野烧水罐当花瓶，插上玫瑰和康乃馨，把志野烧筒茶碗当茶杯用。或许，父亲有时也会把太田夫人看作一种美。

二人辞世后，水罐和筒茶碗都转到了菊治这里。现在，文子也来了。

"不是我任性，我真的希望你把它摔碎。"文子说，"我把水罐送给你，看到你高兴地收下来，又想起家里还有一件志野烧，就把这只茶碗一并送你了。不过，事后觉得很难为情。"

"这件志野烧，不该当作茶杯使用吧？真是大材小用。"

"不过，比它更好的，有的是啊。如果你一边用一边想着别的上乘志野烧，我会很痛苦。"

"所以你才说，要送人，只能送最好的？"

"看对象跟场合吧。"

菊治受到了强烈的震撼。

文子是不是希望菊治借助太田夫人的遗物回想起夫人和自己？或者，是希望他把他认为能进一步亲密接触的什么看成最上乘的东西？

正因是件杰作，才成为母亲的纪念品——文子一心一意如此期盼着。她的话，菊治很能理解。

这正是文子那最美好的感情，不是吗。事实上，水罐就是这种感情的一种证明。

志野烧那冰凉又温热的润泽釉面直接勾起了菊治对太田夫人的思念。思念中之所以没有夹杂名为"罪"的阴暗与丑陋，可能也有"水罐是件杰作"这一因素的影响吧。

在观赏杰作即瞻仰遗物的过程中，菊治进一步领略到了太田夫人是女性中的杰作这一事实。杰作不存在污秽一说。

下阵雨那天，菊治在电话里对文子说，一看到水罐就想见她。在电话里，自然说得出口。听了这话后，文子才说，我手上还有一件志野烧，把这件筒茶碗带到了菊治家。

也就是说，这件筒茶碗，恐怕并不像水罐那么名贵。

"我家老爹好像也有一个便携式旅行茶具箱，"菊治回忆着，"里面装的茶碗，肯定比这件志野烧要差。"

"是什么样的茶碗呢？"

“不知道，我没见过。”

“能让我看看吗？令尊选的，肯定是好东西。”文子说，“我这件志野烧如果比令尊的差，就可以摔了吧？”

“多危险呐。”

饭后吃西瓜，文子一边灵巧地剔掉西瓜子一边催促菊治，她还是想看那只茶碗。

女佣照吩咐把茶室打开后，菊治走进庭院，打算去找茶具箱。不料，文子也跟了过来。

“到底放哪儿了，我也不知道。栗本比我更清楚。”

说着，菊治回过头。文子站在开满白花的夹竹桃花荫下，树根处，显露出她那双穿着袜子和庭木屐的脚。

茶具箱放在水房横架上。

菊治走进茶室，把茶具箱放在文子面前。文子以为菊治会解开包袱布，就规规矩矩地跪坐着等。等了一会儿，她才把手伸出去。

“那么，我打开了。”

“落了好多灰啊。”

菊治拎起文子打开的内容物，站起身，走进庭院，把灰尘抖落干净。

“水房的架子上有只死蝉，都长蛆了。”

“茶室倒是很干净。”

"对。前些日子，栗本过来打扫过。就是那个时候，她告诉我，你跟稻村小姐都结婚了。当时，天已经黑了，可能把蝉也关进屋里来了。"

文子从茶具箱里拿起一个看着像茶碗的东西，深深地弯下腰，解开收纳袋上的绳结，指尖有些颤抖。

菊治从旁俯视，只见文子缩起圆润的双肩向前倾，修长的脖颈更加引人瞩目。

她相当认真，抿紧下唇。显露出地包天的嘴形与未经修饰的肉嘟嘟的耳垂，每一处都惹人怜爱。

"这是唐津烧。"

文子抬起头，望着菊治。

菊治也挨近她身边坐着。

文子把茶碗放在榻榻米上，说："是件好茶碗。"

它也是筒形的，可以当茶杯用。一件小号唐津烧。

"质地结实，气质凛然，比那件志野烧好多了。"

"不能这样比吧？一个是志野烧，一个是唐津烧。"

"可是，一比较就知道谁好了呀。"

菊治也被唐津烧的魅力所吸引，把它放在膝上，欣赏了一番。

"把志野烧拿来看看吧。"

"我去拿。"说着，文子起身走了出去。

把志野烧和唐津烧并排放置在一起时，菊治和文子对视了一眼。

随后，二人的视线又同时落在茶碗上。

菊治有些发慌，说："这样并排一看……是男茶碗和女茶碗啊！"

文子仿佛已说不出什么话，只是点头。

菊治也对自己的话产生了异样的感觉。

唐津烧上不描图案，是纯色的。蓝色中带点枇杷色，还带着晚霞般的茜色。杯身结实地向外侧膨胀。

"去旅行也带着，足见令尊十分喜爱它。这只茶碗，跟令尊一个样呀。"

文子似乎并未察觉到自己做出了危险的发言。

那只志野烧茶碗，与文子的母亲一个样。这句话，菊治说不出口。

两只茶碗摆在一起看，正如菊治的父亲与文子的母亲一样，心贴着心。

三四百年前的茶碗，姿态是健康的，不会诱使人产生病态的幻想。不过，它充满生命力，甚至带着一种情欲上的色彩。

菊治把自己的父亲与文子的母亲看成两只茶碗，觉得并排摆放在眼前的它们像两个美丽的灵魂。

并且，因为茶碗的姿态是现实的，菊治便认为，茶碗居中、自己与文子相对而坐的现实也是干干净净的。

太田夫人头七过后的第二天，菊治甚至对文子说过"我俩相对而坐，或许是件可怕的事情"。然而现在，难道说，罪恶感与恐惧感，都被这纯洁的茶碗釉面擦拭干净了吗？

"真美啊！"菊治自言自语，"家父并非品格高尚之人，摆弄茶碗等物件，说不定是为了麻痹自己犯下的种种罪孽。"

"哎？"

"不过，看着这只茶碗，谁也不会回想起原物主的错处吧。家父寿命短暂，只占这只传世茶碗的几分之一。"

"死亡就在我们脚下。真可怕啊！明知自己脚下就是死路，但我想，不能总被母亲的死所俘虏，为此，我做过种种努力。"

"是啊，一旦成为死者的俘虏，就会觉得，自己好像也不存在于这个世上了。"菊治说。

女佣把铁壶等物送进茶室。

菊治他们在茶室里待了很长时间，女佣大概以为他们要喝茶吧。

菊治向文子提建议，说，用眼前的唐津烧茶碗和志野烧茶碗点一次茶如何，像二人出门旅行时那样。

文子爽快地点了点头，说："摔碎家母的志野烧茶碗之前，把它当作茶碗再用一次，好吗？"

说着，文子从茶具箱里取出茶筅，拿到水房去洗。

夏季日长，天仍未擦黑。

"就当作是在旅行……"文子边用茶筅在小茶碗里搅动茶汤边说。

"既然是旅行，住的是哪家旅店呢？"

"不一定要住旅店呀。也许在河畔，也许在山上。这水，就当是山谷里的溪水吧。要是冷水，或许更好。"

拿起茶筅时，她抬起头，转动黑眼珠瞟了菊治一下后，立刻把视线倾注在正在掌心里转动的唐津烧茶碗上。

随后，文子的视线跟随茶碗，一起落到菊治膝前。

就好像，贴近自己的是文子一样，菊治想。

点第二杯时，文子把母亲的志野烧放在面前。茶筅碰到茶碗边缘，发出沙沙声，她停住了手。

"真难啊！"

"茶碗太小，很难搅动吧。"菊治说。

可是，文子的手腕依然在颤抖。

随后，文子的手刚一停，小小的筒状茶碗里，茶筅就搅不动了。

文子凝视着僵硬的手腕，低着脑袋，一动不动。

"家母不让我点茶。"

"啊？"

菊治猛地站起身，抓住文子的肩膀，像是要把被咒语困住动弹不得的人搀扶起来。

文子没有抗拒。

四

菊治无法入睡。一直等到防雨门板的缝隙里透出光亮，他才向茶室走去。

石制洗手钵前的石头上果然残留着志野烧的碎片。

四块大的碎片在掌心上一拼，就拼出了茶碗的形状，但边缘有一处大拇指粗细的缺口。

菊治想，说不定能找回这块缺口的碎片，就在石头缝里找了找。可是，他很快就停下了。

抬头望去，东边树丛中，一颗很大的星星正在闪闪发光。

菊治已经很多年没有见过这种黎明时分的晨星了。他边想边站起身观望，天空中飘浮着云朵。

星星在云朵中闪耀，看起来更大了。闪着光的边缘，仿佛被水濡湿一样。

面对亮晶晶的晨星，自己却在捡茶碗碎片以便拼合它，菊治觉得，这事太没意思。

他把手中的碎片扔掉了。

昨晚，菊治刚劝阻完没多久，文子就把茶碗摔在了石制洗手钵上。

文子悄悄走出茶室，手里拿着茶碗。菊治没有注意到这一点。

"啊！"菊治大喊一声。

不过，菊治无暇顾及散落在昏暗石缝里的茶碗碎片，他搂住文子的肩膀，因为她蹲在摔碎的茶碗前，身子朝石制洗手钵栽倒过去。

"还会有更好的志野烧。"文子喃喃自语。

"更好的志野烧"——菊治拿它和其他作品做比较，她是否会感到悲伤？

再后来，菊治彻夜难眠，深深体会到了文子这句话里蕴含的悲哀又纯洁的余韵。

直到光亮洒在庭院里，他才出去看茶碗的碎片。

不过，看到晨星后，他又把捡起来的碎片扔掉了。

菊治抬头仰望，说了声："啊！"

晨星不见了。菊治瞧了瞧扔掉的碎片，转眼间，黎明时分的晨星就躲进了云朵里。

菊治久久眺望着东边的天空，仿佛什么东西被人夺走了似的。

云层不厚，却看不到晨星的光亮。天边被云层分隔开来，几乎要碰到大街上的屋顶，那抹淡红，越发深沉。

"不能扔在这里。"菊治自言自语。

他身穿睡衣，再次拾起志野烧的碎片，揣进怀里。

任碎片躺在那里，也太凄凉了。再说，也担心栗本近子前来盘问。

文子像钻牛角尖似的，非要把它摔碎，所以，菊治不打算保留这些碎片，想埋在石制洗手钵旁。最终，他用纸包好碎片，放进壁橱，再次钻进被窝。

文子到底在担心什么呢。担心菊治总有一天会拿其他东西与这件志野烧做比较？

菊治不理解。这种担心，是从哪来的呢？

何况，不管昨晚还是今早，菊治压根就没有想过要把文子同其他人做比较。

对菊治来说，文子已是无可比拟的绝对存在，是决定他命运的人。

此前，菊治从未忘记文子是太田夫人的女儿。可现在，他似乎忘记了这一点。

母亲的躯体微妙地转移到了女儿身上，菊治被这一点所吸引，做过离奇的梦。如今，那些情绪踪迹全无。

长久以来，菊治终于可以从既黑暗又丑陋的帷幕里钻出来了。

难道是文子那纯洁的悲痛拯救了菊治？

文子没有抗拒，只是纯洁自身在抵抗。

这才叫坠入咒语与麻痹的深渊。菊治反倒觉得，自己从咒语和麻痹中解脱了。这就好比，已经中毒的人最后一刻服下过量毒药，那毒药，反而变成了解药，奇迹出现。

一到公司，菊治就给文子上班的那家店挂了电话。她在神田一家毛呢批发店工作。

文子没来店里。菊治因为失眠，早早就出来了，文子难道一觉睡到大天亮，起不来？今天，她会不会因难为情而闭门不出呢，菊治心想。

午后，菊治又挂了个电话，文子还是没来上班。菊治向店里人打听到文子的住所。

昨天，在那封信里，她应该写过搬家后的地址，可是，信还没开封就被她撕碎并塞进衣兜里了。晚饭时提起过工作上的话题，菊治便记住了毛呢批发店的店名。然而，忘记问住址了。那住址，仿佛已移入菊治体内，融为一体了。

下班后，菊治在归途中找到了文子租的那间房子。在上野公园后头。

文子不在家。

一个貌似刚刚放学回家的、身穿水手服的十二三岁少女走到门口，又进屋去问，才出来说道："太田小姐不在家。今早，说与朋友去旅行。"

"旅行？"菊治反问道，"她去旅行了？早上几点走的？说过会去什么地方吗？"

少女又往屋里跑了一次。这次，她站在稍远的地方回话："不太清楚，我妈不在家。"

答话时，她表现出惧怕菊治的样子。是个眉毛稀疏的孩子。

菊治走出大门，回头看了看，却判断不出哪间屋子是文子的房间。这是一栋带小院的二层小楼，相当不错。

文子说过，"死亡就在脚下"。想起这句话，菊治的双脚麻木了。

他掏出手绢擦了擦脸。越擦，脸上的血色似乎越淡，可他擦得更加起劲，手绢有点发黑，且湿乎乎的，后背上全是冷汗。

"她不会寻死的。"菊治对自己说。

文子使菊治获得重新生活的勇气，她应该不会去寻死。

然而，昨天，文子那些举止，不正是直面死亡的表白吗？

换句话说，她是不是惧怕这种表白、惧怕自己同母亲一样，是个罪孽深重的女人？

"只剩栗本了……"

菊治像面对假想敌一样吐了一口恶气，急匆匆地朝公园的林荫处走去。

波千鸟

波千鸟

一

前往热海车站迎接来客的车子越过伊豆山后，不多久，就像画圈似的朝着大海的方向盘下了山，驶入旅店的庭园中。正门处的灯光照射在倾斜的前车窗上，车里亮堂起来。等候在此的旅店掌柜边拉开车门边寒暄："是三谷夫人吧？"

"是的。"

雪子小声回答。车子停靠在大门口前，雪子坐在靠近旅店大门这一侧。今天，刚举行了婚礼，被人称呼三谷这个姓氏，还是头一回。

雪子有点犹豫，但还是先下了车。她回头看了看车厢，等待菊治下车。

菊治刚要脱鞋，掌柜的就说："茶室已经准备好了。我接到了栗本师傅的电话。"

"啊？"

菊治在低矮的大门口边上坐下来。女佣急忙送来一个坐垫。

栗本近子那块从心窝扩展到乳房上的痣犹如恶魔的手印，浮现在菊治眼前。他解开鞋带，抬头一看，仿佛那只黑手就站在那里。

去年，菊治把房子卖掉了，茶具也全部做了处理。照理说，应该不会再见到近子，会与之疏远。然而，与雪子结婚，或许依然是近子从中牵的线。万万没有想到，度蜜月住进的旅店房间，竟然会按照近子的指点来布置。

菊治看了看雪子。不过，雪子似乎并不在意掌柜说了些什么。

二人跟随指引，穿过长长的游廊，从大门口一路向着海的方向走去，仿佛钻进狭窄的隧道。混凝土浇筑的细长通道有好几处台阶，一路上，通道两侧坐落着不少厢房，像和服的衣袖一样。走到尽头，就是茶室的后门。

房间有八叠大。菊治刚要脱外套，雪子就站在他身后，准备接过外套。

"啊。"

菊治嘟哝了一声，回过头去。第一个动作，有妻子的味道。

桌脚旁那叠榻榻米设了烹茶用的地炉。

"那边有间正式茶席，三叠大，茶釜已经摆好了。"掌柜的把二人的行李安置好，"虽然不是什么上好物件。"

菊治吃了一惊，问道："那边也有茶席吗？"

"是的，连同这个大间，共有四间茶席。房间布局和横滨三溪园里头一样，照搬过来的。"

"哦。"

菊治还是感到莫名其妙。

"夫人，那边是茶席，您随时都可以用。"掌柜对雪子说。

雪子正在叠自己穿的大衣。

"稍后我再参观。"雪子答应着，站起身来，"大海真美，轮船还亮着灯呐。"

"那是美国军舰。"

"美国军舰驶进热海了？"

菊治也站起来看。

"是艘小军舰嘛。"

"一共五艘呢。"

军舰的中央部位悬挂着红灯。

热海大街上的灯光被小小的海角挡住了，只能看见锦浦一带。

掌柜的寒暄了几句后，与沏好煎茶的女佣一同离去了。

两人无可无不可地观赏了一番大海的夜景，随后，坐回火盆边上。

"真可怜。"

雪子边说边将手提包拉到身旁，掏出一朵玫瑰花，把压扁了的花瓣舒展开来。

离开东京站时，雪子可能不好意思抱着花束，就把花束递给前来送行的人。这支玫瑰，是当时人家拿出来留给她的。

雪子把花放在桌面上，望了望桌上寄存贵重物品的口袋。

"怎么办才好呢？"

"贵重物品……"菊治将玫瑰拿在手中。

"玫瑰？"说着，雪子看了看菊治。

"算了，我的贵重物品太大，口袋里装不下，再说，也不能寄存在别人那里。"

"为什么？"话音刚落，她好像反应过来了，又说，"我的也不能寄存呀。"

"你的在哪儿？"

雪子大概不好意思直言那就是指菊治，"在这……"她边说边看了看自己的胸口，且保持了这一姿势，没有抬起头。

隔壁茶室中传来水烧开的声音。

菊治问道："要去看茶室？"

雪子点点头。

"我倒是不太想看。"

"可是，人家特意布置好……"

雪子从茶室专用入口走进去，按照茶道的礼仪参观了壁龛。菊治直挺挺地站在入口处的榻榻米上，用充满怨气的口吻说道："什么叫特意啊，这里的布置，分明是在栗本的指使下进行的，不是吗？"

雪子回头看了看，来到茶炉前，落了座。这是点茶的姿势，双膝朝向茶炉，一动不动地跪坐着。她在等待菊治发话。

菊治也挪了挪膝盖靠近炉边，落了座。

"真不想说这种话，不过，在大门口，听见栗本两个字，我心里就咯噔一下。我的罪孽与悔恨，全都纠缠在那个女人身上。"

雪子像在点头。

"栗本还在你们家进进出出？"

"自从去年夏天惹怒父亲之后，很长一段时间没有来了。"

"去年夏天，栗本跟我说，雪子你已经结婚了。"

"哎呀。"雪子像想起什么似的，"准是那个时候。师傅过来，商谈起另一家人，父亲大怒，说，我只想听一位媒人谈一户人家。如果那桩婚事不成，今天这家再好，我家女儿也不愿意，不要愚弄我们。事后，我很感谢父亲。当时，父亲的这番话，对我嫁到三谷家来，是起了很大的作用的。"

菊治沉默不语。

"师傅也不甘示弱。她说你着了魔，还说了太田夫人的事。真讨厌。听了之后，我一个劲地发抖。听见叫人讨厌的话，为什么会发抖呢。后来想想，我才明白，是因为我还是想嫁到三谷家来。不过，当时，我在父亲和师傅面前一个劲地颤抖，实在痛苦。父亲大概看明白我的脸色了，说，'凉水或烧开的水都很好，温吞吞的水或没烧开的水就不好。我家女儿经你介绍认识了三谷少爷，所以，她自有判断'，把师傅撵走了。"

隔壁传来热水倾泻在浴池里的声音，像是侍候洗澡水的人过来了。

"虽然很难过，但我自己做了判断。师傅的话，大可不必介意。即使在这里点茶，我也无所谓。"

说着，雪子抬起头。她的眼睛里映出一盏小电灯，通红的脸颊和嘴唇上也带着光亮。在这张满面生辉的脸庞上，菊治感受到了一种可贵的深厚情感。它是一道美丽的火焰，可是，碰一碰，会感到一股暖流渗透至全身，不可思议。

"当时，你系了一条带鸢尾图案的腰带，所以，大概是去年五月前后的事。你到我家茶室来，我觉得那时的你身处彼岸，永远遥不可及。"

"因为你表现出一副痛苦的样子。"说着，雪子微微一笑，

"你还记得那条鸢尾腰带呀。腰带打包在行李里了，所以，得去我家翻。"

对自己和菊治，雪子都用了痛苦这个字眼。但是，雪子痛苦的时候，菊治带着充血的眼睛，正四处寻找不知去向的文子。菊治收到过文子寄来的几封长信，寄出地居然是九州的竹田町，他甚至到竹田去找过她。可是，时隔一年半，如今，连文子的居所都不晓得了。

文子要他忘记母亲和自己，同稻村雪子结婚。这绵绵倾诉的信件，也成了她与菊治的诀别。文子仿佛与雪子对调，成了永远遥不可及的人。

永远遥不可及——世界上应该不存在这样的人吧。如今，菊治也认为，不应该滥用这样的说法。

二

折回八叠房间时，只见桌子上放着一本相册，菊治打开一看，说："哦，是这间茶室的图片。还以为是来度蜜月的新人的相册呢，吓人一跳。"

说罢，他转向雪子。

一打开相册，就看到首页贴着茶室的来历记事。昔日，这间寒月庵是江户十人众之一的河村迁叟的茶室。后来，迁移至横滨的三溪园。据说，由于遭受空袭，屋顶被炸穿，墙壁倒塌，门窗隔扇被炸飞，壁龛损毁，惨不忍睹，屋子一天天腐朽下去，最近，才将它迁移到这家旅店的庭园里。这里是温泉旅店，因此，加装了浴室，此外，尽量按照原来的布局重建，使用的也是古老的材料。停战之后，由于燃料不足，附近的人大概从这荒芜的茶室里取走了木料，当柴烧了。有些柱子上，还能看到用刀砍过的痕迹。

"据说，连大石内藏助都曾参观过这茶庵呢。"雪子边读边说。

因为迁叟经常出入赤穗藩吧。此外，迁叟持有一只名为残月的荞麦茶碗，人称河村荞麦，传承了下来。人们把淡青釉和淡黄釉拼色表现出的景色比作"晓空残月"，铭记下来。

有几张图片，拍的是茶室在三溪园遭空袭受损时的原样，往后翻，是迁移过来之后从开始修缮时的模样到庆祝落成举办茶会时的模样，图片按顺序排列。

如果大石良雄真到过这里，那么，最晚追溯至元禄年代，这座寒月庵便已经建成。

菊治环视了一圈房间，这里的木料几乎是全新的。

"刚才那间茶室，壁龛柱子好像是旧的。"

两人坐在三叠大的茶室里时，女佣关上了挡雨木板。可能就是在那个时候，她把茶室的相册放在了桌上。

雪子边反复观看相册边说："你不换衣服吗？"

"你呢？"

"我穿的是和服，不换了。你去洗澡时，我会把人家送的点心准备好。"

浴池里满是新木料散发出的芳香。从浴池到冲洗处，从墙壁到天花板，木板的色彩都很柔和，带着漂亮的直木纹。

长长的廊道上传来女佣下台阶的声音和她的说话声。

出了浴池回到房里时，雪子已不在房间里了。

八叠大的房间里，被褥已经铺好，桌子也挪到了一旁。女佣干活时，雪子可能到刚才那间三叠大的茶室里去了吧。

"炉里的火，这样行吗？"雪子在隔间里问。

"挺好的。"

菊治答话后，雪子立刻走了过来，望着菊治，仿佛别处就没有什么可看的。

"舒服了吗？"

"这身？"

菊治看了看自己。他在旅店备的宽袖棉袍外披了一件短褂。

"你去吧，泡起来很舒服。"

"好。"

雪子向右边三叠大的茶室走去，从旅行包里掏出什么东西，打开八叠大那间屋子的隔扇，坐了下来。身后的廊道上放着她的化妆盒，她毫无缘由地双手扶地，红着脸，稍稍施了一礼，又摘下戒指放在梳妆台上，才出去。

这个礼施得叫人意外，菊治差点"啊"的一声喊出来。他觉得雪子着实惹人怜爱。

菊治站起身，看着雪子的戒指。他没动结婚戒指，拿起墨西哥欧泊，折回火盆旁，对着灯光举起戒指。宝石中带着忽红忽黄又忽绿的小小火彩，火彩时亮时灭，然后又亮。透明的宝石中，闪烁摇曳着的火彩吸引住了菊治。

雪子从浴池里出来，走进右边那三叠大的茶室。

八叠大的房间左侧，隔着狭窄的走廊，是三叠大和四叠半这么两间茶室，右侧也有一间三叠的茶室。女佣把他俩的旅行包放在右侧这间三叠大的房间里。

雪子坐在那个房间里，一直在叠和服。

"能把这儿的隔扇拉开一点吗？怪可怕的。"

说着，她站起身来，把菊治所在的八叠大房间和三叠大房间的隔扇分别拉开大约一尺宽。

菊治也察觉到了，这里离正房大约八九米远，只供两个人住。

雪子望着透光的方向，说："那边也是茶室吗？"

"是的，可能设的是圆炉吧。就是把圆形铁炉嵌在木板里。"

话音刚落，隔扇的一头，只见雪子正叠着的贴身汗衫，唯有下摆在动。

"千鸟……"

"是的。千鸟是冬天的鸟，所以，我就把它染上了。"

"是波千鸟吧。"

"波千鸟？……千鸟戏波吧。"

"不是'夕波千鸟'吗。有和歌云，'夕波千鸟若长鸣'……"

"夕波千鸟？人们是不是把千鸟戏波的情景取名为波千鸟了？"

雪子慢条斯理地说着，印有千鸟的衣服下摆被她一叠，倏地不见了。

三

或许因火车从旅店上方经过，菊治忽地睁开眼。

比起天黑不久后听见的火车声，此时的车轮轰鸣声更近，汽笛声也更加嘹亮。因此，他断定此刻是深夜。

声音不至于大到把人吵醒，但还是惊醒了。更令人感到不可思议的是，自己竟然睡着了。

他比雪子更早一步进入梦乡。

听见雪子那平稳的呼吸声，他心里多少轻松了些。

前前后后操办婚礼，雪子很疲劳，已经睡着了。婚礼的日子一天天临近，带着犹疑与悔恨，菊治每晚都难以成眠。雪子肯定也有失眠的时候。

雪子躺在自己身边，这本是不可能发生的事。可是，雪子那熟悉的味道，如今就在这里。

那说不上名字的香水、雪子的气味、雪子睡着时的呼吸，还有雪子的戒指和千鸟戏波的图案，一切的一切，仿佛都归属了自己，菊治想。即使夜深人静时带着不安睁开眼，这种亲近感也没有消失。这种情感，他还是第一次体验到。

然而，菊治没有勇气开灯观赏雪子。他摸出枕下的手表，到卫生间去了。

"已经五点多啦。"

菊治应该察觉到了，面对太田夫人和其女文子，自己态度自然且毫不抗拒，可为什么面对雪子，自己会有可怕的异常态度呢？这是良心上的抵触，还是面对雪子会自卑？又或者，是太田夫人和文子把自己给俘虏了？

据栗本近子说，太田夫人是个有魔性的女人。今晚住的这个房间，好像也是栗本近子订下来的。对此，菊治有些不快，心中纠结。

菊治怀疑，雪子也是听了近子的指使，才穿着穿不惯的和服到这里来。睡觉前，他忍不住问雪子："出门度蜜月，为什么不穿洋装呢？"

"就今天没穿。西服裙有点煞风景，头两次会面都是在茶室里，穿的和服，所以……"

菊治没有追问这句话是谁说的。他再次琢磨，为了度蜜月，这波千鸟图案，恐怕也是栗本近子让雪子印染的吧。

"刚才那句夕波千鸟的和歌，我很喜欢。"

菊治把话题岔开。

"什么和歌？"

菊治飞快地小声嘟囔："柿本人麻吕那首。"

他温柔地抚摩新娘子的后背。

"啊！感谢上苍。"菊治情不自禁地说。

雪子吓了一跳，于是，他尽量显得温柔体贴。

凌晨五点醒来，在不安和焦虑中，菊治还是强烈地感受到了雪子是多么可贵。光凭那安静的呼吸和隐约散发出的气味，就能感受到一种温暖的赦免。或许，这是一种自私的陶醉，但是，唯有女人才能宽恕穷凶极恶的罪人，布施恩泽。或许，这是暂时的感伤或麻木，然而，它是来自异性的救赎。

菊治想，即使明天就与雪子分手，自己也会一辈子都感激她。

不安和焦虑一旦缓和下来，菊治就感到很寂寞。或许，雪子也会为因不安和决心而感到害怕，可是，菊治无法把她摇醒，无法再次拥抱她。

远处不时传来海浪声。菊治以为自己直到天亮都不可能入睡，谁知，又睡着了。一睁眼，明媚的日光已照射在拉门上。雪子不在房间里。

　　菊治大吃一惊。她是不是逃回娘家了？早上九点刚过。

　　菊治打开拉门，见雪子坐在草坪上。她双手抱膝，在看海。

　　"我睡过头啦。你什么时候起来的？"

　　"七点左右吧。掌柜的来送开水，我就醒了。"

　　雪子回过头，脸蛋通红。今早，她换了一套西服裙，将昨夜那朵红玫瑰插在胸前。菊治如释重负。

　　"那朵玫瑰，居然还没凋谢。"

　　"昨晚洗澡时，我把它放进盥洗室的水杯里了。你没发现吗？"

　　"没注意。"菊治答罢，又说，"你已经洗过澡啦？"

　　"嗯。一个人先起来，无所事事，只好悄悄打开防雨板，来这里待一会。一来，正好看见美国军舰在返航。据说，它们头天傍晚来玩乐，第二天一早返回。"

　　"军舰还能来玩乐，太奇怪了吧？"

　　"修整庭院的人是这么说的。"

　　菊治给账房挂电话，告知对方自己起床了。洗过澡后，他来到草坪上。天气暖和，暖到根本不觉得这是十二月中旬的天气。吃过早饭后，他也坐在洒满阳光的廊台上。

海面上闪着银光。眺望海面的过程中，闪光的地方随着时间的推移而发生变化。从伊豆山向热海方向伸展的、类似小小海角的凸出部分重叠在一起。拍击着山麓的波浪也一样，闪光的地方不断变化着。

"有光，像星星出来了似的。就在前方海面上。"雪子指了指前方，又说，"像蓝宝石做成的星星。"

前方海面上到处都是光，像星星在闪烁一样，忽明忽暗。点点星光随处可见，浮现在海面上。近处的波光东一簇西一簇，远处的海面却像镜面一样亮，或许，这就叫群星聚集吧。凝神远眺，只见远处的群光也在跳动。

茶室前的草坪十分窄小。往下头瞧，草坪的一角，能看见夏橙树那转了颜色的枝丫。缓缓倾斜的土地一直延伸到海边。成排的松树伫立在海边。

"昨晚，我仔细观赏了戒指上的宝石，很漂亮。"

"因为是带火彩的。折射出的光像蓝宝石或红宝石，最接近钻石。"

雪子看了看自己的戒指，又凝望起海面上的光。

这景色很适合谈论宝石，或许，现在正是谈论这种话题的时刻。然而，这样的幸福，无法抚平菊治的心事。

菊治把父亲的房子卖掉，并把雪子带进简陋的家，就算这样做是一件好事，在这里谈论新家的话题时，他仍算不上已经进入婚姻状态。再说，如果二人要追忆往事，菊治不触及太田夫人、文子和栗本，就算不得说了真心话。关于二人的未来或过去，话题都被封死了，菊治只能谈眼下，谈当下的话题。

雪子是怎么想的呢？阳光下那神采奕奕的脸颊上表现出的无所谓，是不是在体恤菊治？说不定，新婚初夜，她感受到了菊治的体贴。

菊治感到很焦躁，他想活动活动。

已安排好在这家旅店住两个晚上，因此，他们去热海饭店吃午餐。饭店附属的餐厅靠窗处，破败的芭蕉叶立在那里，对面有一丛凤尾蕉。

"小时候，父亲带我来这里过新年，这凤尾蕉，同那时候没什么两样。"

说着，雪子环视面朝大海的庭园。

"我爸也常到这里来，当时我也跟着来，或许，遇见过幼年时代的你。"

"瞧你说的，怎么会呢？"

"小时候就见过了，不是挺有意思的吗？"

"小时候就见过，说不定就结不了婚了。"

"为什么？"

"因为人小时候很聪明。"

菊治笑了。

"家父常说，'你小时候很聪明，现在越来越傻了'。"

仅从这只言片语，菊治也能够想象得到，在四个兄弟姐妹中，父亲是多么疼爱雪子并对她有所期待。如今，在她那双伶俐的、闪闪发光的眼睛里，仍能看到她幼年时代的风采。

四

从热海饭店折回旅店后，雪子给母亲挂了电话，可又无话可说。

"母亲很担心，问，你们怎么啦。你来跟她说说，好吗？"

"不，请代我向她问好。"菊治忽然拒绝了。

"是吗。"雪子回头看了看菊治，说："妈在向你问好呢，叫你保重身体。"

菊治打一开始就明白，她并不打算悄悄向母亲诉说些什么，因为电话就在房间里。

然而，雪子的母亲似乎在担心什么。莫非，这就是女人的直觉？是因为度蜜月的第二天新娘子就往娘家挂电话？还是因为这电话吓着了新娘子的母亲？菊治不得而知。不过，如果她有被丈夫迷住的羞涩感，或许，就不会挂这个电话了。

四点过后，三艘美国小型军舰驶了过来。网代一带的遥远天空中，云朵化为雾霭，在恍如春天薄暮时分的朦胧海面上慢慢移动。就算运来的是饥渴的情欲，看上去也像一艘艘平静的模型船。

"果然，军舰是来游玩的。"

"今早，我起床时，昨晚开来的军舰正在返航。"雪子说，"我无所事事，就目送着它们远去了。"

"直到我起床，让你等了两个小时吧？"

"我觉得比两小时更长。待在这里，真是不可思议，愉快极了。我在想，等你起床后，我有许多话要对你说。"

"什么话？"

"不着边际的话。"

天还亮着，驶来的军舰却已亮起了灯。

"以你的角度来看，我为什么会结婚？要是能听听你的看法，应该会很愉快。这种话题，我也想同你谈。"

"唔，算不上什么角度问题啦。"

"话虽如此，但是，若能探寻一下'这女子为什么会到自己身边来'，不是很愉快的事吗？我觉得很愉快。'永远遥不可及的人'——为什么你会这样想呢？"

"去年，到我家茶室来的时候，你搽的香水，和现在所用的，是同一种吧？"

"嗯。"

"那天，我也觉得你是永远遥不可及的人。"

"哎呀，原来你讨厌这种香水？"

"不是。第二天，我仍然觉得你的香味留在茶室里，甚至还到里面去闻过。"

雪子惊讶地看着菊治。

"也就是说，必须放弃你，得把你当作永远遥不可及的人。我曾这样想过。"

"那样的说法，太叫人伤感了。你这么说，是因为别人，这一点，我明白。不过，现在，我只想听你谈一谈我。"

"那是一种憧憬。"

"憧憬？"

"大概是吧。或许，断念与憧憬，两者都有。"

"说什么憧不憧憬的，怪吓人的。不过，就说我吧，本打算断了与你的念想，所以，说不定，那也是憧憬。可是，我的脑子里并没有浮现出断念或憧憬这类词汇。"

"所谓憧憬，可能是属于罪人的词语吧。"

"你又在说别人的事啦。"

"不，我没有。"

"算了。我也想过，可能会喜欢上有太太的人。"说着，雪子眼中熠熠生辉，"可是，憧憬什么的，太可怕了。你不会再说了吧。"

"是啊。昨天晚上，雪子的香味好像成了我自己的东西，真是不可思议。"

"……"

"不过，憧憬还是没有消失。"

"很快就会失望的。"

"绝对不会失望。"菊治斩钉截铁地说。因为他深深地感谢雪子。

雪子忽地以压倒一切的气势回应道："我也绝对不失望，我发誓！"语气强烈。

然而，五六个小时后，雪子就陷入了失望。雪子不懂得这种失望，或者说，即使停留在了疑惑上，菊治也只会让自己感到寒冷，感到失望，不是吗。

并非仅仅因为害怕它。昨晚，菊治一直没睡，与雪子聊到很晚。也是在昨晚，雪子亲切地陪伴着他，还用轻松的手法适时为他送上一杯粗茶。

菊治在浴室里刮胡子，涂上剃须膏。雪子也在浴室镜台前陪着他，边用手指沾上些剃须膏边说："父亲总是让我给他买剃须膏。"

"那么，你也给我买一样的，好吗？"

"还是买不一样的好。"

随后，她将睡衣放在他膝边，依旧施了一礼，走进浴池。

"晚安。"

她双手扶地轻轻意思了一下，用手抚平衣裳下摆，麻利地钻进自己的被褥里。这少女般的动作干净又纯洁，令菊治心动。

然而，不久后，黑暗的深渊里，菊治合上不安分的双眼，回想起当时的情景。那时，文子毫不抵抗，抵抗他的，只有纯洁本身。那是卑劣且污浊的恶作剧。他试图以践踏文子的纯洁为力量去玷污雪子的纯洁，这是可憎的毒药。然而，不可否认的是，雪子那干净又纯洁的举止使菊治回忆起了文子，即便那回忆令菊治痛苦不堪。

此外，回忆文子的过程唤回了太田夫人那股女人的情感波浪，菊治无法阻止这个倾向。这魔性的诅咒，是不是人类的自然天性呢？不管怎样，夫人已辞世，文子也消失了，并且，如果说此二人只有爱没有恨，那么，此刻，令菊治凄然落寞的、战栗不已的又是什么呢？

菊治很后悔，自己竟对太田夫人那股女人的情感波浪麻木不仁。如今，他觉得自己内心深处的某种东西正在麻木不仁，他极度恐惧。

忽然，雪子的枕头上发出头发的摩擦声，像是在说"说点什么吧"，菊治不禁毛骨悚然。

罪人之手竟能悄悄搂住神圣的处女，菊治不禁热泪盈眶。

雪子轻柔地将脸埋在菊治怀里。少顷，她哽咽起来。

菊治将颤抖的声音压低，问道："怎么了？伤心？"

"不！"雪子摇摇头，"不管怎样，我都爱你。不过，从昨天起，我更加爱你了，就哭了。"

菊治托起雪子的下颌，亲吻了她。她已无须隐藏自己的泪珠。对太田夫人和文子的胡思乱想，瞬间消失了。

为什么就不能拥有纯洁的新娘、过几天清静日子呢？

五

第三天也是个风和日丽的日子，大海暖洋洋的。雪子先起床，梳洗打扮，整理完毕。

今早，雪子从女佣那里听说，昨晚，有六对新婚夫妇度蜜月，住进这家旅店。不过，茶室靠近大海，离主房较远，听不见那类人声。小提琴伴奏的歌声也传不到这里来。

不知今天的阳光是怎么了，直到下午，也没能看到如星光般闪烁的波浪。昨天，却能看到旅店前方的海面上星光闪烁，有七艘渔船出海。打头阵的船带着轰隆隆的蒸汽声，拖着六艘船向前走。那六艘从大到小井然有序地排列，排成一排。

"这是一家人啊。"菊治微笑着。

旅店送了一套夫妇筷作为贺礼。筷子包裹在粉红色的日本纸里，带着纸鹤的图案。

菊治忆起从前。

"那块有千只鹤图案的包袱布带来了吗？"

"没有，随身物品都是新的。新得叫人有点不好意思。"

说着，雪子脸红了，从漂亮的双眼皮红到眼角。

"发型也不同了嘛。不过，贺礼里有带着仙鹤图案的东西。"

三点前，他们驱车前往川奈。

许多渔船驶入网代的港口，有的船，船身涂成了白色。

雪子回首眺望热海那边。

"海的颜色真像粉红色的珍珠啊，颜色很相似。"

"粉红色的珍珠？"

"嗯，耳环和项链都是粉红色的。拿出来看看？"

"到饭店后再说吧。"

热海的山，山脊间的褶皱阴影颇深。

一个男人推着二轮小推车往前跑，迎面而来，车上堆满柴火，妻子坐在柴火堆上。

"真想过那样的生活啊。"雪子说。

菊治有些难为情，心想，此刻，雪子是不是也在想"和心爱的人结为夫妻，即使过苦日子也心甘情愿"呢？

成群的小鸟在海边的一排排松树间飞来飞去，几乎跟汽车的速度差不多。汽车稍快些。

原来，今早，从伊豆山的旅店前方出海的七艘拖船，驶到了这里。雪子发现的。船依然从大到小排成一列，像谦恭的一家人，一直拖到岸边。

"像来与我们会面一样。"

对这样的船只，雪子也涌起一股亲近感。雪子此刻的喜悦心情，使菊治的情绪放松下来，这大概是一生当中最幸福的日子了。

去年，从夏至秋，菊治到处寻觅文子的踪影。分不清是累了还是失魂落魄时，雪子竟独自来访。菊治宛如生活在黑暗中的人重见光明似的。雪子既耀眼，又有些可疑，也很谨慎。此后，她便时不时前来拜访。

不久后，菊治收到雪子父亲的来信。信中提到，"你似乎与我女儿有来往，不知你是否有结婚的意愿。早先曾通过栗本近子商谈过婚约一事，我和内人都希望女儿前往她最初想去的地方"。这封信表明她父母担心二人的交往情况，也可以理解为对菊治有所警惕。这是父母代为传达女儿的意思。

自那之后，已过了整整一年。菊治的心情，始终在等待文子和渴求雪子之间徘徊。然而，每当想起太田夫人或因追求文子而陷入悔恨垂头丧气时，眼前就会出现上千只白鹤飞舞在早晨或黄昏的天空中这一幻影。那就是雪子。

为观赏拖船，雪子朝菊治走来，没有回到原来的座位上。

在川奈饭店里，他们被领到三楼尽头的房间。有两面墙壁无墙有窗，可以透过玻璃窗眺望海景。

"海是圆的呀。"雪子开朗地说。

水平线柔和地画出一个圆。

草地中央的游泳池对面，五六个身穿浅葱色制服的女服务员肩扛高尔夫球袋，走了上来。

透过西面的窗户，攀登富士山的路线尽在眼前。

他们走到宽阔的草坪上。

"风好大。"菊治背向西风。

"管它刮什么风呢！咱们走吧。"

雪子用力拽住菊治的手。

折回房间后，菊治走进浴室。这期间，雪子梳了头，换了件衬衫，准备去餐厅用餐。

"戴上这个去？"

说着，雪子给菊治看了看珍珠耳环和珍珠项链。

用过晚餐后，他们在阳光房里待了好一会儿。这是一间椭圆形的大房间，伸向庭园。现在是工作日，房间里只有菊治他们，四周挂着窗帘。椭圆的另一头放着两盆少女山茶，花朵正在怒放。

随后，他们来到大厅，在壁炉前的长椅上落座。大块柴火在壁炉里燃烧。壁炉上方依然放置着一对盆栽，大朵君子兰正在绽放。长椅后方的大花瓶里，早开的红梅开得正好。高高的藻井是英式木构架构，看上去十分沉静。

菊治靠在皮椅上，长时间凝视壁炉里的火苗。雪子也带着红扑扑的脸颊目不转睛地盯着看。

折回房间时，厚厚的窗帘已被拉上了。

房间虽宽敞，却是个单间，雪子只好在浴室里换衣服。

菊治依然穿着旅店备好的浴衣，坐在椅子上。雪子换上睡衣，无意间站到了菊治眼前。

她穿一身元禄袖模样的剪裁自由的和服，布料像西式服装的质地，图案是略带铁锈红的底子，上面散布着白色小纹，给人的感觉，着实天真烂漫。

腰上系一条柔软的绿色繻子织腰带，打成伊达结，像西洋风格的人偶。红色衬里下，露出洁白的单衣。

"这衣裳真可爱。是你自己设计的吗？元禄袖？"

"跟元禄袖有些不同，我随便做的。"说着，雪子走向梳妆台。

房间里只剩下梳妆台上的灯光，他们在微亮中进入梦乡。

菊治猛地睁开眼时，传来咚的一声巨响。风在呼啸。庭园的尽头是断崖，他想，可能是大浪撞击悬崖发出的声响吧。

他看了看雪子那边，雪子不在被褥里，她站在窗边。

"怎么啦？"说着，菊治也站起身来，走了过去。

"咚的一声，声音让人害怕。粉红色的火光出现在海面上啦，你瞧！"

"那是灯塔吧。"

"我被吓醒了，怕得睡不着，已经爬起来看了好一会儿了。"

"那是海浪声。"菊治把手搭在雪子肩膀上，"叫醒我就行了呀。"

雪子的心仿佛被大海夺走了。

"瞧！桃红色的光在闪。"

"灯塔呗。"

"可能是灯塔，但它比灯塔上的灯还大，亮得很突然。"

"那就是海浪声。"

"不是。"

二人听起海浪撞击断崖发出的声响。弦月的月光冷冷地倾洒在大海上，海面黑魆魆、静悄悄的。

菊治也看了一会儿。灯塔的闪烁方式和这桃红色的闪光不一样。这光间隔时间长，且不规律。

"是大炮。还以为是发生海战了呢。"

"啊，是美国军舰在演习吧。"

"是吧。"雪子也信服了，"真叫人不舒服，太可怕啦。"雪子放松肩膀，菊治紧紧搂住她。

弦月之夜的海面上，风在呼啸。远方的桃红色火光闪过后，传来一阵轰鸣声。菊治也感到不舒服。

"这样的夜晚，不能独自一人观看。"

菊治胳膊一用力，把雪子抱起来。雪子羞答答地搂住菊治的脖子。

菊治被一股直入心底的悲伤情绪所侵袭，断断续续地说："我嘛，并不是残缺的。我不残缺。但是，我记忆中的污点和背德行为，那家伙，不会宽恕我啊。"

雪子像昏了过去似的，沉甸甸地依偎在菊治怀里。

旅途的别离

一

度完蜜月回到家，烧掉去年文子寄来的信前，菊治又把它们读了一遍。

去往别府的小金丸号船上，十月十九日。

你是不是在找我？请原谅，就当我已去向不明了吧。

我已下定决心不再与你见面，所以，我想，我是不会把这封信寄出去的。就算寄出去，也不知是何年何月。我正前往父亲的老家竹田町。不过，这封信即使到了你手里，那时，我也早已不在竹田町了。

父亲于二十年前离开了老家，我不了解竹田这地方。

      岩山环绕竹田町

      秋日河川流水声

      景致天然城非城

      往来出入过洞门

      此处哪分内与外

      芒草满目白茫茫

我只是凭着与谢野宽和晶子夫妇的《久住山之歌》以及父亲的话，在心中做一描绘。

我将回到见了也不认识的父亲的故乡。

据说，久住町有个人在童年时就认识父亲，他写了这样一首歌：

      故乡有山心儿美

      潺潺流水现柔情

      无尽长空连野色

      乡愁更比儿时深

孤身只影无亲眷

山亦无云独自恼

叛逆之心终消逝

愿君顺遂永安康

这首歌吸引着我返回父亲的故乡。

宛如接近大师旁

一心向往九住山

贫者岂不知匮乏

山亦有心求教诲

忽然身似远行客

云雾闭锁久住山

与谢野宽这首歌，也把我吸引到久住山（也写作九重山）
来了。

虽然还有一首《叛逆的心》，但我的心没有背叛你。如果
真有一颗叛逆的心，那是针对我自己的，或是针对我自身的邂
逅。就是这个，也远比叛逆的心更悲伤。

何况，自那之后，已过去三个月。我只想你"顺遂安康"。
我不该给你写这样的信。可能是借你之名写给我自己写的。写

完后，说不定我会把它扔进海里。或许，它是一封不可能写完的信。

侍者逐一把大厅的窗帘拉上。除我之外，大厅里只有两对年轻的外国夫妇，他们坐在另一头。

我独自一人旅行，就买了头等舱的船票。我不喜欢跟很多人挤在一起。头等舱是二人间，同住的客人是别府观海寺温泉旅店的老板娘。据说，她是去照顾嫁到大阪的，刚生完孩子的女儿，现在要回家。

她说，在大阪时没法睡觉，想美美地睡上一觉，才坐了船。从餐厅折回后不久，她就躺在舱室的床上了。

这艘小金丸号驶出神户港时，我看见一艘名叫苏伊士之星的伊朗轮船开进港口。一艘形状很奇特的船。

老板娘告诉我，这船可能客货两用。我心想，连伊朗的船都可以开进来了吗？

随着船开出港口，只见神户的大街和后方的山峰逐渐融入黄昏的氛围中。现在是秋天，白昼短。一到夜里，海上保安官就广播提醒人们注意安全。船内绝对不允许赌博，受害者一样会遭受处罚。

今天，赌博的可能性非常大。

内行的赌徒，多半乘坐三等舱吧。

温泉旅店的老板娘睡着了，我就到大厅来。两对外国夫妇中，有一个是日本女人。看上去，她好像已经结婚了。外国人不是美国人，似乎是欧洲人。

我突然兴起一个念头：干脆同外国人结婚，嫁去国外算了。

瞎想什么呢？我惊讶地对自己说。就算是坐船，结婚二字也是意料之外的事。

那女人像是好人家出身，她试图模仿西方人的表情和动作，看起来相当卖力。品格并不坏，但在我看来，还是有点装模作样。她可能已经意识到同西方人结婚是一件自豪的事，这才显露出那样的动作。

但是，过去的三个月，我不知道什么东西能使我动心。想起在茶室前的石制洗手盆处将志野筒茶碗摔碎那事，我简直羞愧难当，真想找个地缝钻进去。

我说，还有比这更好的志野茶碗。那时，我真是这样想的。

我把志野水罐作为母亲的纪念物送给了你，你高兴地接受了，因此，我不禁想把筒茶碗也一并送给你。可是，后来，一想到还有更好的志野茶碗，我就感到坐立不安。

你曾这样说："照你这说法，要送人，只能送最好的。"当时，我确信你所说的"人"，仅限于菊治你。因为我只有一个念头，就是想让母亲变得美好。

只是，除了想让母亲变美好这念头，在当时，死去的母亲和留下的我，已是无可救药了。在那种紧张的心情下或说失了三魂七魄的心情下将那只并不是太好的筒茶碗作为母亲的遗物送给你，我十分后悔。

三个月过去了，眼下，我的心情也变了。是美好的梦破碎了，还是人从丑恶的梦中清醒过来了？我不知道。不过，摔碎那只志野茶碗时，我想，母亲或我们的一切都与你诀别了。摔碎志野茶碗虽然是件很羞愧的事，不过，说不定也是一件好事。

那时，我说，茶碗边缘沾上了母亲的口红，这使人感到，那仿佛是一种疯狂的执念。

随着时间的推移，我回忆起令人毛骨悚然的往事。那是父亲还健在时的事。栗本师傅来到我家，父亲把黑乐茶碗拿了出来。名字记不太清了，好像是个叫长次郎的人的作品。

"哎呀，长霉了。没好好收拾呀！用过后，刷都没刷，就收起来了？"师傅皱着眉说。茶碗的一面显露出斑点，那颜色，像枯萎的鸢尾似的。

"用热水洗过了，洗不掉。"

她将湿乎乎的茶碗放在膝上，目不转睛地凝视着，突然用手挠了挠头发，用这只油手摩挲茶碗，转动着擦拭了一遍，霉渍消失了。

"啊，太好啦，你瞧。"师傅得意地说。可是，父亲并没有伸出手。

"干了件脏兮兮的事，讨厌，看了叫人不舒服。"

"我去洗洗，好好洗。"

"再怎么洗也让人讨厌。用它，可提不起喝茶的兴致。要是你喜欢，就送你吧。"

幼时的我就坐在父亲身边，印象中，父亲很不愉快。

后来，听说师傅把这只茶碗卖掉了。

女人的口红沾在茶碗边缘上，我觉得这话同那件事一样，都是很不吉利的。

请把母亲和我都忘了吧，但愿你能同稻村雪子喜结良缘。

二

于别府观海寺温泉，十月二十日。

从别府出发，经过大分，坐火车去竹田，这样会快些。但是，我想在"近处"观赏九重山，就选了这样一条路线——越过位于别府后面的由布岳山麓，由布院到丰后中村这段坐火车，火车进入饭田高原，翻过山头向南走，再从久住町到竹田。

虽说竹田是父亲的故乡，但对我来说，那个未知的城镇。

此刻，父母都已不在，也不知道人们会怎样迎接我。

父亲曾经说过，这个城镇，让人有种"心灵上的故乡"之感。或许正像与谢野宽夫妇写过的那样，它是个四周被岩壁环绕的、出入要钻洞门的城镇。

若母亲还在，或许，她会详细地告诉我。据说，在我出生之前，父亲只带母亲到这里来过一次。

宽恕令尊与我母亲时，我感到自己仿佛背叛了我父亲。可是，为什么我却被父亲的故乡、被对我来说是异乡的城镇所吸引呢？此刻，对这个既是故乡又是异乡的城镇，我是有迷恋吗？难道，我是在想，在父亲的故乡、在这座城镇里，有可供母亲和我赎罪的清泉？

《久住山之歌》中还有一首，曰：

祭父尚未长叩首

只顾仰望故乡山

我在想，宽恕令尊和家母时，也孕育出了母亲与我后来的过错。那简直是诅咒，抓住你并折磨过你，对吧？不过，我想，任何罪过或诅咒都是有限的，摔碎志野茶碗那天，它们也终结了。

我只爱过两个人，母亲和你。说什么"我爱过你"，也许你会吓一跳吧，连我自己都感到很吃惊。不过，我想，不把它藏起来，反而能为"那个人"祈求安康。你对我做的事，我既没有责备你，也没有埋怨你。我只是想，我的爱遭受了强烈的报应，受到了最严厉的惩罚。我任凭两种爱尽情驰骋，一个是死，一个是罪。难道，这就是我的命运吗？母亲以死来清算自己，我却背负着它逃走了。

极力阻止母亲去见你时，母亲就说"啊！真想死啊"！像口头禅一样。

母亲威胁过我，说："你想让我死吗？"自从在圆觉寺的茶会上见到你，她已抱有自杀的心态。从我摔碎志野茶碗那天起，我也领悟到了她这种心情。母亲见你，这是她自杀的根源。然而，母亲一心只想见你，这是同她那朝不保夕的生命联系在一起的。我阻止她这样做，因此，是我逼迫母亲寻了短见。从摔碎志野茶碗那天起，我也成了一个抱有自杀心态的人，因此，越发理解母亲了。如果母亲没死，恐怕我早就死了。母亲的死，才使我不死。

那时，志野茶碗摔在石制洗手盆上，刚一摔碎，我差点没了知觉，就势瘫倒在石头上，是你支撑着我，我才没有倒下去。

我呼唤着母亲，这声音，你可曾听见？或许我根本就没发出声音。

你说我不能回去，又说要送我回去，我只是摇头。

我仿佛在说，以后再也不会相见了，说完，我逃走了。回去的路上，我冷汗浃背，真的准备寻死。我不是怨恨你，而是感到自己走投无路，已经没有未来了。我的死同母亲的死联系在一起，这似乎理所当然。如果说，母亲是因为忍受不了自己的丑恶而死，那么，我想，我自己也是这样的。但有时，我又觉得，懊悔的火焰中也会绽放出莲花。我爱你，因此，无论你对我做些什么，都不至于是丑恶的。我就像夏季的飞蛾，飞蛾扑火。母亲觉得自己丑恶，因而死去。我却觉得母亲是美的，我大概就是在这种梦幻中失去了自我。

只是，我和母亲不一样。母亲见过你一次之后，心里就静不下来，总想再见你。然而，我只见了你一次，梦就碎了。我的爱，开始的同时就已结束。与其说是控制感情原地踏步，不如说，是被推倒，被抛弃了。

啊，这不行。母亲已经死了，我也完了。你同雪子结婚就好，这样，对我也是一种救赎。

假如你还在寻找我，或追逐我，那么，我只好自杀。这样说，听起来可能很自我，但正如我只把母亲想象成美的而进入忘我状态一样，我希望我能把我俩从你周围完全抹去。

栗本师傅说过，母亲和我是你结婚的障碍。清醒之后，我才真正明白过来。师傅还说过，你同我母亲见面之后，整个人都变了。

摔碎志野茶碗的当天晚上，我一直哭，哭到翌日清晨。我去朋友家，求她和我一起去旅行。

朋友大吃一惊，问道："你怎么啦？眼睛都哭肿了。令堂辞世的时候，你都没有这样哭过，不是吗？"她陪我一起去了箱根。

不过，比起那时候，或比起母亲去世的时候，更令我悲伤的，是我的孩提时刻。那时，粟本师傅到我家来责骂家母，让家母同令尊分手。我偷偷听见，哭了起来。母亲把我抱到师傅面前，我很不情愿。

"有人正在欺负妈妈，不是吗？你躲在后头哭，这叫人怎么受得了？让妈妈抱抱。"母亲这样说。

我没有直视师傅，坐在母亲膝上，把头埋在母亲的怀里。

师傅嘲笑我们，说："哼，把孩子都搬出来了？你是个聪明的孩子，三谷大伯是干什么的，你很清楚吧？"

我摇摇头说："不知道，不清楚。"

"怎么可能不知道？大伯已经有了妻子。你妈妈是坏人，对不对？大伯有个孩子，比你还大呢。就说那个孩子吧，他也恨你妈妈。要是学校的老师和同学知道你妈妈的事，多丢人呐。"

母亲说："孩子没有罪。"

"想让孩子无罪，就按无罪的样子去培养她，如何？无罪的孩子，怎么会哭得这么精彩呢？"

那时，我才十一二岁。

"你没为孩子做过什么好事，真可怜。难道，你打算让她在见不得人的环境里长大？"

当时，我那小小的胸膛简直像被撕裂了一般，悲伤极了。那种难受，比起母亲的死，比起同你分手，要厉害得多。

到达别府时是大中午，我乘上公共汽车，绕地狱温泉逛了一圈。因那同船同室的缘分，我住进了观海寺温泉旅店。

今早航行在伊予海，船上十分宁静。阳光照射在舱室的窗户上，我脱下外套，只穿一件衬衫，还是汗流浃背。船进入别府港后，山峦像拥抱着城镇一样，从左侧的高崎山一路向右绵延，仿佛一道大而圆的波涛。装饰画模样的日本画中，就能看到这样的波浪图。观海寺温泉在深山里，从洗澡间，一眼就能望见城镇和港口。我感到惊讶，竟有这样宽阔又明亮的温泉浴场。乘公共汽车环绕地狱温泉，车票一百元，参观票一百元，有十五六处地狱温泉，很多是私有的，还有个公会，叫"地狱组合"。乘车环绕一周，费时两个半钟头。

地狱温泉中，有称为血池地狱和海地狱的温泉。说不上是妖艳还是神秘，温泉水的颜色简直无法形容。血池地狱的温泉水像地底喷出的血化成了透明的水，血色是鲜活的，池子里还冒着热气。海地狱温泉的色彩像海一样，大概因此而得名吧。我从未见过如此清澄而宁静的浅蓝。在远离城镇的山间旅店里，夜深人静时，想一想血池地狱和海地狱那不可思议的色彩，就觉得它们宛如梦幻世界中的一泓清泉。如果说母亲和我已迷失在爱的地狱里，不知那里会不会有如此美丽的泉水。地狱温泉的色彩使我心醉神迷。暂且搁笔。

三

于饭田高原筋汤，十月二十一日。

高原深处的温泉旅店里，我在毛衣外又披了一件旅店配给的宽袖棉袍。尽管如此，夜间还是寒气逼人，我靠近火盆边。这旅店像火灾后临时修缮过似的，门窗开关也不灵。这家筋汤温泉位于上千米的高处，明天，我将翻过一千五百米高的山岭，住进一千三百米处的温泉旅店。虽然在东京时已备好了御寒用具，但这里同今早刚离开的别府的温差是多么大啊！

明天赶到九重山，后天，终于能够达到竹田。明天，不管我人在旅店还是在竹田町，我都会继续给你写信。我最想对你说的是什么呢？我写的应该不是旅行日记。九重山和父亲的故乡，会促使我说些什么呢？

或许，我是想说诀别吧。不过，我深知，对我来说，无言的诀别是最好不过的。我同你似乎并没有说过太多的话，但是，我觉得，仿佛已与你说了很多很多。

但愿你能原谅母亲。每次与你相会，我总要为母亲的事向你道歉。

为了求得你的原谅初次拜访你家时，你对我说，你早就知道我母亲有我这样一个女儿。

你说，你曾想象过同这位小姐谈论令尊的事。

你说："我父亲的事固然要谈，有朝一日，若能与你谈谈你母亲的事，该有多好啊！"

终究没有这样的机会，并且，永远失去了这样的机会。如果与你相会是谈令尊和家母的事，此刻，我会因悔恨和屈辱而颤抖不已的。因为孩子不能谈论父母。那样的孩子，能相爱吗？一写到这里，我不禁泪如泉涌。

十一二岁时，听栗本师傅责骂母亲，说"三谷大伯"有个儿子，此后，这句话就深深地刻在了我的心上。不过，我一次也不曾提起过"三谷大伯"和他儿子的事。我觉得，说出来不好。这男孩是不是已奔赴战场？我这个小小的女学生，怎么好去打听呢。

空袭越发频繁。随之，令尊也总到我家里来。我时常担心，万一那孩子也像我一样成了没有父亲的孩子，那可怎么办？所以，我经常送令尊走一程。仔细一想，那孩子已经长大成人，已经到了征兵的年龄，可是，不知怎的，我总觉得，他还是个少年。大概是因为师傅第一次谈到那个孩子时我心里难受，那种情绪，深深地影响了我。

母亲是个不中用的人，我得出去采购。乘坐火车的人群你推我搡，吵闹不止，在这些人里，我发现了一个美人。我紧挨在她身旁。我们闲聊着，从哪儿来到哪儿去，要买什么，几乎连彼此的身世都聊到了。

"我是人家的妾呐。"美人坦率地对我说。

听她这么一说，"我也是妾的孩子。"我说。

听一个女学生说这个，美人大吃一惊。

"是吗？不过，能长这么大，太好了。"

她似乎误解了"妾的孩子"这句话。我满脸通红，却没有纠正她。

她疼爱我，每每约我一同去采购，我们两人也曾从她的故乡新潟往外运输大米。我忘不了这个人。

长这么大有什么好处呢？最终，我还是没能与你谈论令尊和家母的事。

我听到了瀑布声。人们让倾泻下来的几道瀑布冲刷自己的身体，并称之为"挨打"。据说，可以起到舒筋活血散瘀止痛的作用。据此，人们才朴素地称其为筋汤。旅店没有室内温泉，我去了大的公共浴场。这里是涌盖山与黑岩山之间的山谷深处。夜间，山中特有的凉爽空气笼罩此地。这里与别府的血池地狱和海地狱那梦幻般的色彩不同，今天，我观赏了山中的美丽红叶。从别府后方的城岛高原观赏由布岳，也很美。从丰后中村站沿路登上饭田高原，一路上，可以欣赏九醉溪的红叶。爬过十三道弯，蓦然回首，由于逆光，山脊间的褶皱颜色越发深沉，红叶更美了。自山肩方向照射过来的夕阳，使得红叶的世界更加庄严。

我想，明天，高原和山里都会是好天气。我从遥远的山间旅店，遥祝你睡个好觉。自打外出旅行，我已经三天没有做梦了。

从摔碎志野茶碗那晚起，我就住在朋友家，待了三个月，夜夜难以入眠。在朋友家长住，太麻烦人家了。这位朋友还帮了忙，把我在上野公园后面租住的房间里的一点行李取了回来。

这位朋友告诉我，第二天，就有人搬进公园后面的房间了。可是，我为什么要逃走并躲藏起来呢，即使对朋友，我也无法明说。

最多只能说"我爱上了不该爱的人"。

"可是，他是爱你的吧？被不该爱的人所爱之类的话，基本上都是骗人的。女人喜欢编造这种谎言。不过，你嘛，我就当成是真的吧。"朋友这番话，也许是这个意思——在这个世界上，不可能存在"绝对不能去爱的人"。或许她是对的。比如，像我母亲那样打算寻死的话……

然而，我试图美化母亲的死。这样的我，能够把她带到什么样的地方去，我想，你是最清楚的。就算不是我带去，而是她自己去，这是否确实难以分辨，我还不晓得。"确实难以分辨"——自己做的事，自己能这么说吗？此外，即使从旁观察他人所做的事，就能说上一句"确实难以分辨"了吗？神灵或命运宽恕人的所作所为时，是不是会说"确实难以分辨"呢？

虽然我觉得写下来不好，但是，我所依靠的朋友，先前曾与一个男子做过一些错事。或许，正因如此，她才是值得信赖的。正因如此，她很快就察觉到了我的情况。然而，她不可能知道我已被卷进后悔的旋涡中。

大概，在某些地方，我跟母亲很像，都有点优哉游哉。我逐渐快活起来，朋友也就同意我下次独自一人出来旅行了。

我觉得，女人独自一人在旅店过夜比同母亲一起来要好，也比在母亲辞世后一个人过日子来得潇洒。不过，一到晚上，不安、孤单以及惆怅的情绪还是会爬上心头，促使我写下这封没有发信人地址的信。自那之后，我沉默了三个月。现在，又能说些什么呢？

四

于法华院温泉，十月二十二日。

今天，我越过海拔一千五百四十米的山巅，越过谏峨守越，住进海拔一千三百零三米的法华院温泉旅店。据说，这里是九州最高的山中温泉。终点竹田町的这趟旅程，今天也在翻山越岭中度过。明天下山，经过久住町，前往竹田。

大概是在高原的阳光下行走，或是因为这里的硫黄气味浓重，今晚，我觉得，有点累了。不光这温泉有硫黄，谏峨守越旁的硫黄山上也有烟雾，烟会随风飘来。据说，银制钟表一天之内就会变黑。

昨天早晨五度，今天早晨四度。据旅店的人说，今晚比昨夜更冷。早晨，忘了当时是几点，总之，看过温度计，黎明前的气温也许会下降，会降到零度左右。

不过，我订的是别栋二层的僻静房间，玻璃窗是双层密封的，可以防寒。旅店备好的宽袖棉袍很厚，火盆里的火也很旺盛，比昨晚在筋汤舒服些。只是，山上的寒气阵阵袭来，夜晚很冷。

法华院的旅店是独门独栋，是个连邮政信件和报纸也送不到的地方，距村庄十多公里，最近的人家也在五公里开外。要上小学，得走十几公里的路，因此，一到上学的年龄，孩子们就得寄宿在山下的村庄里。

旅店里有两个孩子，据说，哥哥六岁，妹妹四岁。可能因为我是个独身女人，不久，孩子的祖母就来与我攀谈。两个孩子也跟着一起来，争着坐在祖母的膝上。起先，是妹妹骑在祖母膝上，祖母搂着她。可是，男孩子打算把妹妹推开时，妹妹猛烈地对哥哥进行反击，二人互相追逐，相互扭打。哥哥把眼睛瞪大，四岁的妹妹也瞪着一双大眼睛，一脸剑拔弩张的表情，猛然摆开应战的架势。也许是山上阳光强烈，目光才变得这样凌厉吧。

我说："您家的孩子，没有居住在附近的玩伴呢。"

"要到十几公里以外，才能有其他孩子。"

祖母说，妹妹出生的时候，哥哥说："妈妈明明和我一块儿睡，却有了这孩子。"

小妹妹出生前，哥哥就说过，说，要是生了孩子，想睡在婴儿身旁。可是，小男孩现在是和祖母一起睡。整个冬天，旅店关门，她们或许会下山到村庄里去。不过，在山中的独栋建筑中成长起来的孩子有着凌厉的目光，这很吸引我。孩子们长着圆乎乎的漂亮脸蛋。

我突然意识到自己是个独生女。

自打出生之后，我始终是个独生女，已经习惯了，平时没有察觉到这一点。或许，不是没有察觉，而是没有深入思考过。女学生希望有哥哥姐姐，这种感伤，也逐渐消失了。母亲辞世的时候，我都没想过"要是有个兄弟就好了"，而是马上给你挂了电话。母亲那样死去了，你说你是帮凶，事后回想起来，母亲的死，责任似乎确实在你。如果我有个哥哥，事情就不会演变成那样。如果我有个哥哥，母亲或许不会死。至少，我不会陷入那样的罪恶与悲伤中。如今，仔细想想，我感到震惊，仿佛自己已经觉醒。我是独生女，我不该依赖你，可我却过分依赖了你，这是确凿无疑的。

我是独生女，我独自一人夜宿于山中的独栋建筑里，我兴起一股冲动，想要呼唤不曾存在的哥哥。就算不是哥哥，是姐姐或弟弟也好啊，是兄弟姐妹就行。想呼唤根本没有来过这个人世间的兄弟姐妹，这种心情，很可笑吧？

说起独生女，我至今都未曾想过，你也是个独生子。令尊到我家来，对你家的事，他绝口不提，也不曾告诉过我们你是独生子。

有一次，他对我说："没有兄弟姐妹很寂寞呀。有个弟弟或妹妹就好了。"

我顿时脸色煞白，哆哆嗦嗦，抖个不停。

"真的哎……太田弥留之际，似乎也觉得只有一个独生女是很可惜的事。"

母亲是老好人，随声附和。察觉到我的模样时，吓得倒吸了一口冷气。

我感到憎恶和恐怖。当时，我大概十四五岁，已经很了解母亲的事。我想，令尊是指生一个与我同母异父的孩子。现在回想起来，恐怕是我自己在胡思乱想。令尊大概想起了自己的独生子，或许，他是在想，母亲和我二人相依为命太孤单。然而，当时，我的想法是很吓人的。我暗下决心，要是母亲生下孩子，我一定把那婴儿弄死。想杀人——这种想法空前绝后，是唯一的一次。说不定我真的会杀人。不知道这算憎恶、嫉妒还是愤怒，大概是少女纯真的战栗吧。母亲似乎有所触动。

她添了一句："人家给我看过手相，说我命中只有一个孩子。一个就足够的好孩子。"

"话是不错。不过，独生子不爱理人，倾向于自己一个人孤独地过日子，容易陷入自我，不擅长与人交际，不是吗？"

或许，令尊是看到我板着脸沉默不语才这么说的。我将视线从令尊脸上移开，不和他说话。我像母亲，不是个忧郁的孩子。快活地闹腾时，令尊一来，我立刻沉默下来。孩子会有这种抗议，做母亲的大概是很难过的。令尊说的也许不是我，而是你。

可是，如果我想要杀掉的孩子真的出生了，会是怎样呢？

这婴儿，既是我的兄弟姐妹，也是你的。

啊，多么可怕！

我走过高原，越过山巅，这种病态的思绪，理应得到了洗涤。照理说，我应该在"美好的天气"里一路走来。

"天气真美好！"

"啊，天气确实美好。"

今早，从筋汤出来不久，在路上，我听见村里人这样寒暄。这一带，人们把"好天气"称为"天气真美好"，语尾说得很清楚。我的心也与之做了爽朗的寒暄。

果真是美好的天气。晨曦中，绵延的芒草和萱草显现出清透的银色，槲树的红叶也熠熠生辉。左侧山麓处，杉林间树荫深沉。一位母亲在割稻子，把草铺在田埂上，让穿着红衣裳的幼儿坐在草席上。背后的白色口袋里装着吃的，玩具也放在草席上。这一带天冷得早，插秧也早，据说是一边烤火一边插秧。但是，今早很暖和，还能看见幼儿在草席上晒太阳。因此，我换了一双胶底帆布鞋，不需要做御寒的准备。

筋汤有多条登山路线，山巅附近可能有近路。不过，我决定来到饭田邮局和学校附近，从高原中央慢慢走，边走边眺望九重山的山峦。我不登山，只从谀峨守越走到法华院，因此，脚下很轻松。

所谓九重山，就是从东边数起，包含黑岳、大船山、久住山、三俣山、黑岩山、星生山、猎师岳、涌盖山、一目山、泉水山等连峰的总称。群山北侧，那一带地区，就是饭田高原了。

虽说是群山北侧，涌盖山却是向西环绕，崩平山在高原北面。高原被群山环绕，换句话说，是被四面群山支撑着，浮现在那里，所以，有圆形高原这一说法。这高原，简直像浮现在此地的美丽的梦之国度。红叶漫山尽遍野，芒草的穗子像白色的波浪。可是，我觉得高原上飘荡着的是温柔的紫。这高原，高度约莫一千米，东西南北，宽度大约都是八公里。

我横跨高原的南北一途，来到这广袤的原野。正前方，三俣山与星生山之间，远远地，能看到硫黄山的烟雾。群山清晰可辨。右侧的涌盖山上空只飘着几朵淡淡的白云。从离开东京的那一刻起，我就盼望着享受这高原的"美好天气"，我感到很幸福。

过去，我只知道信浓高原。正如许多人所说，这饭田高原着实罗曼蒂克，令人流连忘返。柔和，明媚，把你引入遥远的遐思，让你静静地投入内心的怀抱。南面绵延不断的群山也是温文尔雅的，意境很高。刚进别府港时，我的心被拥抱着城镇的、像弧形波浪的绵延山峦所吸引。在饭田高原上看到的九重山也很吸引我，它们的高度，使我感受到一种意料之外的亲切与协调。可能是因为它们的分布保持了一种均衡状态吧。久住山海拔一千七百八十七米以上，是九州第一高山。大船山海拔一千七百八十七米，是九州第二高山。这两座高山仍然深锁在云雾中。三俣山和星生山的高度在海拔一千七百四十米到一千七百六十米之间。此外，海拔在一千七百米以上的山，似乎还有十座。但是，在海拔上千米的高原上，高度相差不算太大的山比肩而立，或许看上去会很柔和。此外，这里是南国，距离大海不太远，高原的色彩可能因此很明朗。

来到高原中部的长者原，我在松树的树荫下休息了好长时间。长者原上，处处都有稀疏的松树林，我被草原上的松树所吸引。走了一阵子，又在松树林荫下吃起已过饭点的盒饭。此时约莫下午两点。我环视着一大片红色秋草，从我的位置看过去，接受日照的地方和逆光的地方，色彩有微妙的差别。群山的颜色也各有不同，红叶多的山脉色泽浓重，简直像彩绘玻璃。如此这般，我仿佛身处大自然的天堂之中。

"啊！到这儿来，真是太好了！"我不禁说出声来。我潸然泪下，一片朦胧中，芒草穗的波浪银光更甚。不过，这不是玷污悲伤的泪珠，而是洗刷悲伤的眼泪。

我思念你，为了同你分手，才来到这高原和父亲的故乡。我思念你，就难免与懊悔和罪恶纠缠，这样，就无法同你分手，也不能开始新的旅程。请原谅，来到这遥远的高原上，我依然在思念你。为了同你分手，我思念你。我在草原上漫步，边眺望远山边不断地思念你。

在松树林荫下，我一个劲地思念你，心想，假如这里是没有屋顶的天堂，能不能就此升天呢？我希望自己永远不要再走动。我心神荡漾，为你祈祷，祈求你能够幸福。

"请你与雪子小姐结婚吧。"

这样说，我就与我心中的你告别了。

我不可能忘记你。但是，我认为，不管以后我如何怀抱丑陋或浑浊的心情回忆往事，在这个高原上思念你的时候，我已经同你分手了。今天，母亲和我已经完全从你那里消失了。最后，请允许我再说一声抱歉。

请你原谅家母吧。

从饭田高原越过诹峨守越，还要爬上三俣山山麓的山路，不过，我选择了运输硫黄的道路。离硫黄山越近，越能看清那可怕的模样。从远处，也能看见仿佛在喷火一样的硫黄烟雾。宽广的山腰一带喷出硫黄，直到山脊，没有一根草，山被烧焦，岩石与土地一片荒芜，山的表层已经发黑。没有光泽的灰色与褐色，带给人一种废墟的感觉。左侧小山上，人们正在开采自然硫黄——在喷气孔上安一个圆筒，把筒口那些像冰柱般垂下的硫黄刮下来。我从开采场的烟雾中穿过去，踩着满地的赤裸岩石，终于抵达山巅。

下了山顶，朝北千里滨走去，回头一看，太阳已沉入山峰后方。在硫黄烟雾的笼罩下，太阳仿佛变成了披着白纱的月亮妖怪。前方是大船山，满山红叶，如同一幅日暮织就的织锦。再往下走，有一道陡峭的斜坡，下去便是法华院温泉。

今晚这封信写得很长。同你分手后，我想把这清清爽爽的高原一日游的过程都告诉你。请不要记挂我，晚安。

五

于竹田町，十月二十三日。

我来到了父亲的故乡，来到这个城镇。

今日傍晚，我穿过岩山的洞门，进入竹田町。从法华院温泉下到久住高原，再在久住町乘坐公共汽车到竹田，费时五十分钟。

我在伯父家过夜。这是父亲出生的家。我第一次看到父亲出生的家，心中感到不可思议。我觉得，这个城镇，既是故乡，也是异乡。不过，当我看到酷似父亲的伯父时，眼前仿佛浮现出阔别十年的父亲的模样。如今，没有家的我，好像又有家了。

我说我是从别府绕路，绕过九重山来到这里，伯父他们都很吃惊。他们大概觉得，一个女孩子独自走山路，又在温泉旅店过夜，胆子也太大了。虽然也想观赏山景，但是，对来父亲的家乡这件事，我产生过犹豫。父亲辞世后，母亲就与她们疏远了。也可以说，她处于无法同父亲那边的亲戚碰面的境地。

伯父说："从船上发封电报来，我们会去别府接你。别府离这里很近嘛。"我心想，我已发过一封信，说要到这来，可是，信没有电报送得快。

"你爸死时，你几岁？"

"十岁。"

"十岁啊。"伯父边重复边打量我，"长得跟你妈一模一样。我很少见到你妈，看到你，就会想起她来。不过，你有些地方像你爸，耳朵的形状，还是太田家的耳朵嘛。"

"见到伯父您，我就想起了父亲。"

"是吗？"

"我即将工作。上了班，就不能出门旅行，因此，想在上班之前到这里来拜访一次。"

独自一人的我，不想让人以为我是来寻根问祖的。我对伯父别无所求。因母亲充满悔恨，伯父也没来吊唁母亲。从九州赶来，赶不及参加葬礼，再说，当时，原本就是秘密下葬……

你与母亲有牵连，我只是为了同你分手，才来父亲的故乡，仅此而已。为了摆脱母亲那狂乱的爱之旋涡，我想回到父亲这健全的回忆里。然而，来到岩山环绕的小小城镇，一进入黄昏时分，不禁产生一种寂寥感，宛如残兵败将逃到与世隔绝的村庄。

今早，在法华院多睡了一会儿懒觉。

"早上好！"旅店的人寒暄道，"一大早，孩子们就在楼下'闹腾'，你大概没睡好吧？"我什么也不知道。

目光凌厉的女孩子跟着侍者，将早饭端了上来，贴近祖母的身边坐着。据说，今早，她从主屋与别栋间的一座桥上掉进水里了。桥距水面约十五尺。她运气好，掉在三足鼎立的岩石中间，捡回一条命。

人家救起她时，她哭着说："木屐漂走啦，木屐漂走啦。"人们逗她，说"再掉一次看看"。

她说："衣衣没有啦，再也不干了。"

小河岸边的岩石上，晾晒着女孩子的和服。那是一件红坎肩，带粗糙的藏青底碎白花纹，上面还有蝴蝶和牡丹花样。看到阳光照射在这件红坎肩上，我感受到一股温馨，一种生命的恩惠。竟那么凑巧，掉进了三足鼎立的岩石之间，这是怎么回事呢。三足鼎立的岩石之间面积很狭窄，刚好只能容纳一个孩子的身体。但凡稍有倾斜，就会撞到岩石上，即使不丧命，也会伤了残了。孩子似乎不了解这是多么危险多么恐怖，她身上哪里都不疼，毫发无伤。完美坠落的是这个孩子，可我总觉得，又不是这孩子。

我不能使母亲起死回生，但是，我总觉得，什么东西使我还活着。为祈求你幸福，这颗心便坚强起来。我想，岩石之间也有某个地方能够拯救人类的污秽与罪孽吧，就像这个孩子坠落而获救那样。

我想要效仿这孩子得到幸运，怀抱这种心情，我摩挲她那发丝浓密的娃娃头，离开了法华院。

大船山的红叶实在太美啦，因此，我去坊鹤走了一趟。这里是盆地，被三俣山、大船山、平治岳等山岭环绕着，能从与昨天相反的这一侧观赏三俣山，一直走到筑紫山岳会的马醉木小屋一带。马醉木小屋这片地方，许多村落都生长着可爱的石松，有点类似桧叶金发藓，高两三寸。我还发现了越橘和岩镜草。在大船山的红叶中，点缀着黑色的花朵，听说，都是杜鹃花。据说，有的树很低矮，能横向长到六叠那么宽。坊鹤也有很多雾岛杜鹃。这里的芒草又细又矮，花穗只有一寸长。

今早，山顶的温度似乎降至零度，但是，坊鹤阳光充足，红叶的色彩仿佛温暖了盆地。

折回旅店附近，又从白口岳和立中山之间的锋立山巅下到佐渡洼。这里是呈现佐渡岛形状的盆地，许多蓟草都枯萎了。从佐渡洼沿锅破坂向下走到杇网别，便可展望久住高原。在锅破坂，是穿过杂树丛沿着石子路走下去的，脚下只闻踩踏落叶的声响。

沿途没遇见路人，可以清晰地听见独自踏着大自然前进的脚步声。来到杇网别，左侧清水山的红叶也很美。本来，可以从这里眺望阿苏五岳，可现在，它锁在云雾中。祖母山、倾山等连绵的群山隐约可见。不过，久住高原是方圆二十公里的草原，一直延伸到遥远的阿苏北面，延伸到山脚下，波野原广袤无垠。从南边回头眺望九重（或说久住）的群峰，每座山都锁在云雾中。我从一人多高的芒草丛中穿过去，经过放牧场，抵达久住町。

久住的南面登山口有一座寺庙遗迹，名字很新奇，叫猪鹿狼寺。猪鹿狼寺也罢法华院也罢，都是拥有好几百年历史的灵地。九重山的群山原本就是灵地，我仿佛也是通过灵地走过来的，实在是太好了。

伯父家里人都睡了，夜阑人静，因此，我无法像在旅店过夜一样独自起床，把信永远地写下去。

晚安。

六

于竹田町，十月二十四日。

在竹田车站，丰肥线的火车每次进出车站时，总会听到《荒城之月》的歌声。城镇上的人说，泷廉太郎总是把这个城镇的冈城遗址放在心上，于是，创作了《荒城之月》这首曲子。

据说，大约从明治二十年起，泷的父亲就在这里担任郡长，因此，廉太郎也在竹田町昔日的小学里读过书。少年时代，他大概也去游览过遗址。

泷廉太郎死于明治三十六年，终年二十五岁，这是虚岁。后年，我就是这个年龄了。

真想二十五岁就死去。我有印象，好像在女校跟同学们说过这话题。像是同学们说的，也像是我说的。

《荒城之月》的词作者土井晚翠也于今年辞世了。听说，我来竹田町之前，人们在冈城遗址举办过晚翠的追悼会。他们还说，负责作曲的廉太郎和作词的晚翠曾在伦敦见过一次面。那是我父亲尚且年幼的旧时，年轻诗人和音乐家在异乡邂逅。这邂逅，是不是与《荒城之月》的成曲有关，我不得而知。不过，这两个人留下了美丽的歌曲。现在无人不会唱《荒城之月》。然而，我与你见过一次面，留下了什么呢？

留下像天才泷廉太郎那样的孩子。忽然这样想，自己也吓了一跳。想象这种梦一般的事，并将这样的事写信告诉你，或许是因为我身在父亲的故乡，心中安定。然而，不知是出于害怕还是出于高兴，女人总会因"如果"二字心中战栗，你可曾想过？与我一样，会在心中浮现出不安，你可曾有过？在那意想不到的战栗中，我意识到自己是个女人。我甚至做过这样的梦——我不告诉你，瞒着你，独自一人抚养孩子。这样一来，作为母亲的女儿，就像我能去到的因果一样，我决定做好一种虚构的精神准备。你吃惊了吗？身为女人的我，仅为这点思绪，就消瘦了。但是，这种不安，持续的时间并不长。

在竹田站，听见《荒城之月》的歌声，我就想起那时的战栗，仅此而已。

岩山环绕竹田町
秋日流水鸣淙淙

今天，我打算在城镇上转悠。从秋日流水鸣淙淙的桥上走过时听见歌声，我被吸引了，朝车站的方向走去。车站里好像有留声机，在放唱片。昨天，我从久住町出发，不乘火车，而是坐公共汽车，所以，没听见。

河流就在车站前流淌，从车站折回桥上时，歌声还在继续。我驻足凭栏，久久凝视着那河。河流上游的左岸，河滩的大岩石上立着一根柱子，一排排小窝棚伸向河面。妇女在岩石的一端洗衣服。车站后面紧贴着岩山山壁。一股细细的小瀑布沿着岩石表层倾泻下来。岩山上有红叶，也有翠绿，星星点点，点缀在各处。

我一边思念你一边在父亲的城镇上转悠。对我来说，父亲的故乡已经不是陌生的城镇。昨天傍晚抵达时，我还不认识它，到了今早，就知道它是一个很小的城镇。不管朝哪边走，很快地，都会碰到岩壁。我有种感觉，觉得自己仿佛也被"放置"在了四面环绕的岩山中间。

昨夜，看到伯父使用的旅店的火柴盒上印有"山清水秀，竹田美人"这字样，我笑了。

"像京都一样呢。"

"这话是真的，竹田真的出美人。自古以来，这里就是琴和茶道等技艺开花的地方。水也很干净。这里的人们管城镇屋檐下的引水槽叫'井出'。你爸小时候，早晨起来，就用那个井出引下来的流水漱口或清洗茶碗。"

城镇人口仅有一万人，却有十余处寺院，近十所神社，或许真能称得上"小京都"。

伯父说："如今，竹田美人也不存在了。"

从前的人，总要数数去往东京的人数。我走在城镇上，见这里的女子实在很洁净。走到城镇的尽头，快到洞门的时候，看见岩石堆成的山上红叶尽染，可是，耸立在洞门对面出口处的岩石上却长着绿色的苔藓，一个身穿白色毛线衣的美丽小姐从那绿色的前面走过来。

城镇中央的商店街是铺着柏油的马路，悬挂着寂寞的铃兰形街灯。向两边拐，便是安静的古老街道。不远处的尽头，照例是岩壁。石崖、白色的仓库、黑色的板墙，还有已经倒塌的围墙，无不使人感到这是一个古老的城镇，可是，据说在明治十年的西南战争中，整个城镇被战火洗劫，只有山脚下留了几家从前的老房子。我回到伯父家，提起城镇的话题。

"文子，你把城镇的犄角旮旯都走遍了，是吗？"伯母说。

不用半天工夫，就能走遍田能村竹田的故居、田伏宅邸遗址即天主教隐蔽礼拜堂、中川神社的圣地亚哥钟、广濑神社、冈城遗址、鱼住瀑布、碧云寺等名胜。

在竹田町，许多人把田能村竹田称为"竹田先生"。昨天，我从久住来这里所走的路，就是当年诸侯携仪仗队出行的必经之路，也是竹田和广濑淡窗等众多丰后文人往返的必经之路。赖山阳造访竹田时，也是走的这条路。竹田的故居里，还保存着他与山阳煎茶为乐的茶室。茶室与主房之间的庭园里，阳光照射在微微发黄的芭蕉叶和枯萎的叶片上。梧桐叶也发黄了。当年，竹田曾请山阳吃蔬菜，种植蔬菜的那块菜畦遗址，就在主房前面。竹田纪念馆的画圣堂虽是新建筑，里面也有茶室。这里也用抹茶，还挂着竹田的南画。

天主教隐蔽礼拜堂在竹田庄附近。那是凿在竹丛深处的岩壁上的、相当宽广的洞穴。圣地亚哥钟上刻有"1612 SANTIAGOHOSPITAL"的字样。

当年，竹田地方的城主是天主教徒。

竹田庄的庭园里设着织部灯笼，沿小路往上走，走一段再右拐，就是竹田庄的石崖，由此朝相反的方向往左拐，就是宅邸。据说，古田织部的子孙都住在这里。从这宅邸前面走过，心里扑通扑通直跳。据说，当年，古田织部的儿子来到竹田，一直住在这座宅邸里。这里似乎叫上殿街，是昔日武家宅邸所在的大街。

我无法忘记。在圆觉寺的茶会上，初次与你见面时，点茶的是稻村雪子小姐。

"用哪个茶碗？"

"这个嘛，用那只织部烧吧，很合适。"

粟本师傅说："那是令尊喜欢的茶碗，他送给我了。"不过，令尊持有之前，那只茶碗属于我已故的父亲，是母亲转让给令尊的。雪子小姐用这只黑色织部烧茶碗点了茶，你喝了。仅仅是这些动作，竟使我抬不起头来，这是怎么回事呢？

母亲说："我也想用这只茶碗喝杯茶。"

莫非，母亲喝下了命运之毒？

没想到，抵达父亲的城镇后，竟如此清晰地想起那次茶席上的事。如果那只黑色织部烧茶碗还在师傅手里，那么，希望你能把它要回来，并使它去向不明。请你也把我当作去向不明吧。

我走遍了父亲居住过的城镇，该离开竹田町了。之所以絮絮叨叨地写竹田町的事，是因为我不会再来了，我想在父亲的故乡与你分手。我没打算发出这封信。即使发出去，也是最后一封。

冈城遗址里，除了石崖之外，没留下任何东西。不过，险要的高地，倒是眺望的好场所。秋高气爽时，可以望见整座山。祖母山、倾山等群山，还有其对面的九重山。只有大船山的山巅锁在薄薄的云层里。我走过来的高原和山岭就在那个方向。当我在高原的松树树荫下和芒草穗的波浪里不断想念你的时候，我已经可以同你分手了。到了现在还在说分手二字，未免过于依依不舍。就算我理应从你心里消失，但对一个女人来说，哪能那么干脆呢。请原谅，晚安。

在旅途的信件中，我虽然写了希望你同雪子小姐结婚，但还是请你自由决定。我和母亲决不会妨碍你的自由，也不会阻挠你的幸福。请不要来找我，绝对不要。

旅行了六天，一直在写这些无聊事，女人是多么爱絮叨啊。但愿你能理解逐渐与你分手的我。不过，语言是空虚的，女人似乎只想留在对方的身边。我希望你能理解我，但是，现在的我正好相反。我要从父亲居住过的城镇重新开始，继续出发。再见。

七

近一年半之前，菊治读过文子的这些信。与雪子度蜜月归来后，又重读这些信。两次读信，对文子的语言，理解是相当不同的。

然而，怎么个不同法，他却不太清楚。所谓"语言是空虚的"。

菊治走到新居的庭院里，点火焚烧成捆的信。并没有什么能称之为庭院的摆设，只是用粗糙的木板把狭窄的空地围起来罢了。

信纸已发潮，烧不尽。

信札七零八落，散落在地上，菊治一个劲地划火柴。文子的墨迹逐渐变化，有的信即使已化成灰烬，字迹还残留着。

"把语言都烧光。"

菊治将信纸一张张扔进火堆里。

信都烧了，文子的语言会变成什么样子呢？菊治把脸扭向一旁，避开烟尘。冬日斜阳照射在木板围墙的角落里。

"这趟旅行，感觉怎么样？"

走廊上忽然传来栗本近子的声音，菊治吓了一跳，心中一阵恶寒。

"干什么呢，鬼鬼祟祟地进屋。"

"打招呼了，没人应。听人家说，新婚家庭会被小偷盯上。女佣还没有就位？或许，过几天二人世界也好。雪子表现得不错吧。"

"你在哪儿听说的？"

"指你家地址？蛇钻的窟窿蛇知道嘛。"

"简直是条蛇。"菊治讽刺了一句。

父亲去世后，近子竟不打招呼就随便出入他家，如今，又出现在这个新家，这不免使菊治产生一种新的嫌恶感。

"不过，对雪子小姐来说，大冬天的还在厨房里洗洗涮涮，太难为她了。我来伺候你们，好吗？"

菊治没有回头。

"你在烧什么？是不是文子小姐的信？"

尚未烧完的信躺在菊治的膝盖上。他是蹲着的，照理说，近子应该看不见。

"烧掉文子的信，倒也能暖和暖和。是件好事。"

"我已经落魄到住这种房子了，没请你进出这个家。谢绝入内。"

"我并没有妨碍到你们什么呀。你与雪子的关系，最初是我搭的桥，实在是可喜可贺，我也就放心了。在此基础上，我只想伺候你们二人到——"

菊治把剩下那些还没燃尽的信揣在怀里，站了起来。

近子看了看菊治。她站在走廊那头，却不禁后退了一步。

"哎？你的表情为什么那么可怕？雪子小姐的行李好像还没收拾，我想来帮帮忙。"

"不劳费心。"

"不费事，我想伺候你俩。我的一片心，难道你不能理解吗？"

近子筋疲力尽，瘫坐下来，刚耸了耸左肩，就像胆怯了似的，倒了好几口气儿。

"雪子小姐回娘家了吧。为什么要把夫人抛下，你倒立刻回家来了？她很担心呀。"

"你去过雪子的娘家？"

"我去祝贺了。如果不妥，我道歉。"

说着，近子窥视了一下菊治的脸色。

菊治收起怒火，说道："对了，那只黑色织部烧茶碗还在吧？"

"令尊送我的那个吗？还在。"

"还在的话，希望你能让给我。"

"好。"

近子有点迷茫，现出怀疑的目光。不久，就像怨恨干枯一般，平静了。

"嗯。令尊的东西，虽然我一辈子也不想放手，但菊治你要的话，今天或明天我就……另外，你是想办茶席吗？"

"希望你现在就给我拿来。"

"明白了。把文子小姐的信烧了之后，用黑色织部烧茶碗喝上一碗茶。"

近子垂头丧气，像要拨开什么障碍似的，走了出去。

菊治又下到庭院里，手在颤抖，连火柴都很难划着。

新
家
庭

一

雪子是个行住坐卧都很生气勃勃的女子，不过，菊治偶尔也见过她面对着钢琴发呆的场面。

在这间屋子里，钢琴显得体积过大。

这架钢琴是菊治新建立了关系的制造厂家的产品。菊治的父亲是乐器公司的股东。当然，这家乐器公司也曾被改建成兵工厂。战后，乐器公司的一名技师下定决心，要制作自己设计的钢琴。借着父亲的关系，技师经常到菊治这儿来商谈此事，菊治就拿卖掉旧房子的钱做了投资。

小小的制作厂做出了钢琴样品，其中一架，搬来菊治的新居。雪子的钢琴留给了老家的妹妹。雪子并不是不能为老家的妹妹另行购买一架，因此，菊治几次三番地对雪子说："如果觉得这架钢琴不合适，可以把过去那架要回来。不要顾虑我。"

雪子在钢琴面前发呆，菊治想，她可能不喜欢这架钢琴。

"这架很好呀。"听到他问，雪子仿佛很意外，"我虽然不太懂好与不好，但调音师不是也称赞过吗？"

其实，菊治也知道，问题不出在钢琴上。再说，雪子还没达到能够挑选钢琴的程度，对钢琴也不是很热心，更不擅长。

"你坐在钢琴面前发呆，"菊治说，"看起来，像是不喜欢这架钢琴。"

"和钢琴没有关系，是另一件事。"雪子诚实地回答。她本想接着说什么，可突然又改变了主意，"你看见我在发呆啦？什么时候看见的？"

正门旁边照例连接着西式房间，钢琴就摆在那里。从餐厅或二楼菊治的房间，都看不见钢琴。

"在娘家的时候，吵得要命，哪有发呆的工夫。能发呆是稀罕事。"

菊治脑子里浮现出雪子娘家的情景——父母双全，又有兄弟，聚在一起，客人也多，进进出出，一派热闹的景象。

"可是，以前我遇见雪子你时，你给我的印象，可是沉默寡言的呀。"

"是吗？我可爱说话啦。与母亲和妹妹在一起时，就没有沉默的时候。三个人当中，总有人说话。尽管如此，三人当中，或许我是最不善言辞的那个。一想到母亲在客人面前话太多，我就沉默了。母亲那些应酬话，就算是你，听了恐怕也会厌烦的。如果常在母亲身边，说不定会变成一个沉默寡言、态度冷淡的姑娘。不过，妹妹总是配合母亲。"

"母亲大概希望你嫁到更阔绰的人家吧。"

"是啊。"

雪子诚实地点了点头。

"嫁给你之后，我的话语，只相当于在娘家时的十分之一。"

"白天只有你一个人在家嘛。"

"即使你在家，我也不能像着火似的说个没完吧。"

"是啊。一出门散步，你的话就多了。"

菊治边说边回想起晚上两人在街上散步的情景。雪子仿佛忘记了近来的寒冷，乐呵呵地说个不停，依偎着菊治，主动与他牵手。雪子走出家门，是不是有种解放了的感觉呢？

"现在不能一个人独自出去了。在娘家时，出门回家后，得将外面的情况对母亲诉说一番，然后，又要向父亲说同样的话。"

"那么，父亲也很高兴吧。"

雪子凝视着菊治，点了点头。

"有时，一对父亲说，母亲又得再听一遍，还呵呵直笑。"

雪子离开这种充满爱的氛围，来到菊治身边，坐在简陋的餐室里。直到现在，菊治仍然不太理解她。

菊治发现，雪子的睫毛间长着一颗痣，小小的，很浅。两人一起生活之后，才发现的。

在菊治看来，雪子的牙齿很美，仿佛熠熠生辉。这也是二人同住一个屋檐下之后才感受到的。接吻时，他会被牙齿的清纯所打动。

菊治拥抱着逐渐习惯于接吻的雪子，有时，会突然泪如泉涌。因为二人还停留在接吻的程度上，他觉得雪子无比珍贵，惹人怜爱。

不过，对停留在接吻上一事，雪子似乎不像菊治那样感到懊恼和焦虑。对于结婚，雪子不至于无知到如此程度。但是，对她来说，只是接吻与拥抱，已令人感到新奇，充分获得了爱的满足。她回应了菊治。

菊治自己也感到很痛苦。有时，他会反复考虑，这样的新婚生活并不是不自然，也不是不健康，是吧？

雪子从蔬菜店买来萝卜和雪菜。看见这些蔬菜带着的绿与白，菊治觉得很新鲜。仅这一点，不是也很幸福吗？过去，在老房子里同老女佣一起生活的时候，从来不曾见过厨房里的这些蔬菜。

"一个人住在那样宽敞的房子里，你不寂寞吗？"

来到这个家之后，不久，雪子这样问过菊治。在这短暂的时间里，她甚至能追溯到过去来体恤菊治，诚心实意地听菊治诉说。

早晨醒来，见雪子不在身边，菊治会蓦地涌起一股寂寞感。雪子早晨要干家务，当然得早起。可是，菊治睁开眼看到雪子的睡姿，就会有种切实沉浸在温馨氛围中的感觉。因此，他甚至努力过，试图比雪子醒得早。一看见雪子不在旁边的被褥里，他甚至会被一种轻度的不安所笼罩。

一天傍晚，菊治刚回到家里就喊："雪子，雪子，你在用名叫 Prince Matchabelli 的香水吗？"

"哎呀，怎么啦？"

"为钢琴的事，我见了一位女客人，她是这么说的。真有人鼻子这么灵呀。"

"为什么会谈起香味呢。"

说着，雪子嗅了嗅接过来的上衣。闻着闻着，她似乎想起来了。

"香水瓶放在西服衣柜里，忘在那儿啦。"

二

二月末，连着下了三天雨。黄昏前，雨刚停，天空又柔和地垂下了乌云，隐约呈现出一片淡淡的桃粉色，氤氲开去。在这样一个星期天，栗本近子抱着黑色织部烧茶碗，登门了。

"给，我把值得纪念的茶碗带来了。"

说着，近子从双层盒子里取出茶碗，捧在手心里欣赏。随后，将茶碗放在菊治膝前。

"过几天，正好是使用它的季节，上面的图案是早生的蕨菜。"

菊治拿起茶碗，却没有看它。

"忘得差不多了，你才拿来。不是说当天就拿来吗？你没来，我还以为你不会拿来了呢。"

"这是早春使用的茶碗，冬天送来也没用嘛。再说，一旦撒手，就算是我，也依依不舍啊。说难以分别未免有点那个，不过……"

雪子端来粗茶。

"夫人，这可不敢当。"近子小题大做地说，"夫人，没有女佣的情况下，就这样过冬了吗？真能吃苦啊！"

"我想多过几天二人世界。"

雪子清清楚楚地回答，菊治吓了一跳。

"佩服。"近子点了点头，又说，"夫人，你还记得这只织部烧茶碗吗？记忆犹新吧。这是我的贺礼，送给你们的，是至高无上的。"

雪子看了菊治一眼，眼里浮起问号。

"请夫人也坐到火盆边上来吧。"近子说。

"是。"

雪子靠近菊治，跪坐下来，胳膊肘几乎与菊治挨上了。菊治不由得想笑，又强忍住，对近子说："白要可不行，希望你把它卖给我。"

"哪里的话。再怎么穷困潦倒，也不能把令尊送我的东西卖给菊治你啊！你想想看，"近子一本正经地说，"夫人，我已经很久没看见夫人点茶了。像夫人这样做派认真且品格高雅的点茶方式，举世无双。在圆觉寺的茶会上第一次用这只织部烧茶碗为菊治少爷沏茶时的情景，如今还历历在目。"

雪子沉默不语。

"要是再用这只织部烧茶碗给菊治少爷献上一碗茶，那么，我把茶碗送来也就有价值了。"

"可是，我们家已经没有什么茶具了呀。"

雪子依然低着头回答。

"哎呀，不要这样说。点茶嘛，只要有茶筅，就能点。"

"哦。"

"请一定好好爱护这只织部烧茶碗。"

"是。"

近子瞅了一眼菊治，说："虽说什么茶具都没有了，但是，还有水罐吧？那个志野水罐。"

"那是插花道具。"菊治赶忙说。

水罐是太田夫人的遗物，再怎么说，菊治也没法卖，遂留了下来，还把它带到这个家里来了，收在壁橱里。几乎已经忘记的东西突然被近子点出来，菊治大吃一惊。

可以想象，近子对太田夫人的憎恶延续到了现在。

雪子也出来相送，把近子送到大门口。

近子在门口仰望天空，说道："街上的灯光仿佛映照着整个东京的天空。天气逐渐转暖，太好了。"

说完，近子耸起一边肩膀，摇摇晃晃地走了。

雪子依然跪坐在大门口。

"夫人夫人地叫唤，真是做作，令人讨厌。"

"实在讨厌。她大概不会再来了。"

菊治也在大门口站了一会儿。

"不过，她说'街上的灯光仿佛映照着整个东京的天空'，这话倒是挺漂亮的。"

雪子走下来，把大门敞开，看了看天空，又回过头来，想把门关上。这时，她看见菊治也仰望天空，有些踌躇。

"可以关门吗？"

"嗯。"

"真的暖和起来了。"

他们折回餐厅，织部烧茶碗依然摆放在那里。雪子等待着时机，想把它收起来，菊治却说，想上街走走。

他们登上高地的宅邸街。在没有行人的地方，雪子主动拉起菊治的手。雪子似乎想用手来照拂菊治，然而，冬天的水把她的手弄粗糙了，掌心也变得粗硬起来。

"那只茶碗，不是白要，是要花钱买吧？"雪子突然问。

"嗯，要把它卖掉。"

"我就说嘛。她是来卖茶碗的吧？"

"不，我要把它卖给古董店。把卖的钱退还给栗本就行。"

"呀，要卖吗？"

"那只茶碗在圆觉寺的茶席上出现时，雪子你也听到了，不是吗？刚才栗本也说了。那是我父亲送给栗本的。茶碗到我父亲手里之前，是太田家的藏品。这只茶碗有这样一段来历，所以……"

"可是，我不在意这种事呀。如果是好茶碗，你就留着好了。"

"毫无疑问，是一只好茶碗。但是，正因为是好茶碗，更应该为茶碗本身着想，把它交给古董店。我们要让它去向不明，完全不知道它流落何方，这才好呐。"

菊治终于使用了文子信中"要让它去向不明"这句话。他从栗本近子手里把茶碗要回来，也是遵照文子的嘱托办的。

"那只茶碗有那只茶碗的生命，了不起的生命。就让它离开我们，继续生存下去吧。我所说的'我们'，不包括雪子。那只茶碗本身是坚强而美丽的，它的身上，并没有不健康的妄想与执念。然而，我们的记忆伴随着茶碗，那些记忆是糟糕的，它玷污了茶碗，又让我们亲眼见证这一过程。我所说的'我们'，充其量也不过是五六个人。过去，不知有几百个人心存爱惜，把那只茶碗保存并传承了下来。那只茶碗烧成之后，可能已历经四百年。所以，从茶碗的寿命来看，太田先生、我父亲和栗本近子拥有它的时间，不过是极短暂的片段，犹如薄薄的云层飘过时投下的影子。如果它能够传承到健康的持有者手里，就好了。即使我们都死了，那只织部烧茶碗还是会在某人手里美好地存在着，我觉得这样就很好。"

"是吗？既然有这样的想法，不把它卖掉，岂不是更好？我倒无所谓。"

"不要舍不得放手嘛，我对茶碗，一向不执着。我想用那只茶碗清洗掉我们的污垢。让栗本持有它，我觉得很不舒服。比如，那次圆觉寺茶会上，在那种时刻，茶碗被她拿了出来。

茶碗是不会被人类的丑陋关系所束缚的。"

"听起来，茶碗似乎比人更加了不起。"

"或许是吧。我不太懂茶碗，但是，几百年来，识货的人把它传承了下来，因此，我不应该打碎它，还是让它去向不明吧。"

"即使把茶碗作为我们对往事的回忆留下来，我也是能接受的呀。"

雪子用清澈且通透的声音重复了一遍。

"就算我现在不明白，但有朝一日，如果还能清楚地看到那只茶碗，不也很愉快吗？早先的事，我不介意。你把它卖了，日后回想起来，不会觉得寂寞吗？"

"不会。那只茶碗的命运，就是离开我们不知去向。"

围绕着茶碗，菊治终于谈到了命运之类的话题。他忆起文子，心如刀绞。

两人漫步了一个半小时才回家。

雪子想将火盆里的火移到被炉里。这时，她忽然用两只手捂着菊治的手，想让菊治试试看，右手和左手的温度不一样。

"吃点栗本师傅送来的点心不？"

"不想吃。"

"是吗。她送来点心，还送来了浓茶，说是从京都带来的。"雪子毫无芥蒂地说。

菊治用包袱布包好织部烧茶碗，收进壁橱。看见壁橱深处那只志野水罐，想把它连同茶碗一起卖掉。

雪子用雪花膏搽过脸，取下头发上的发卡，准备睡觉。她抖开长发，边梳边说："我想把头发剪短，好不好？让人家看见后脖颈，怪不好意思的。"

说着，她撩起头发，给菊治看了看。

大约是口红不易擦掉，她把脸凑近镜子前，嘴唇微张，用纱布擦了擦，又照了照镜子。

在黑暗中互相温暖对方时，菊治心想，这样下去，什么时候才能亵渎那神圣的憧憬呢？他陷入自己内心那谭深渊。然而，最纯洁的东西，是任何事物都不能玷污的，因此，它可以宽容一切。难道，这种事就不可能实现吗？他浮想联翩，擅自设想了很多拯救的办法。

雪子入睡后，菊治把胳膊抽了出来。可是，离开雪子的体温，寂寞得令人害怕。果然，不该结婚的。啃噬内心般的后悔情绪，正在旁边那套冰冷的被褥里等待着他。

三

连续两天，黄昏的天空都呈现出一片隐约可见的、淡淡的桃粉色，铺满整个天空。

菊治自回家的电车上瞧着新落成的高楼大厦，窗户里都是灯，白晃晃的一片。那是什么灯呢。好像是荧光灯。整座高楼灯火通明，显出一种新建的喜悦。这座大厦的斜上空，悬挂着一轮接近满月的明月。

　　快要进家门时，天空中的桃粉色云朵像被落日吸引过去一样，沉了下去，变成漫天的晚霞。

　　快到拐角处的家门口时，菊治有些不安，伸手摸了摸外套的内兜，确认那张支票还在兜里。

　　雪子走出邻居家，一路小跑，进了自家大门。菊治看见她的背影了，雪子却没有发现菊治。

　　"雪子，雪子。"

　　雪子从里头走出来。

　　"你回来啦。刚才，你看见啦？"说罢，她脸红了。"我去邻居家，接听妹妹挂来的电话。"

　　"哦？"

　　菊治始料未及。从什么时候起，邻居家成了电话中转站呢。

　　"今天的天空跟昨天黄昏时一样，并且，比昨天更晴朗，很暖和。"

　　雪子仰望天空。

　　换衣服时，菊治把支票掏出来，放在茶柜上。

　　雪子低着头，边收拾菊治脱下的衣服边说："妹妹来电话了，说，昨天是星期天，她同父亲两人本想来看看。"

"来咱家？"

"是啊。"

"那就来嘛。"菊治若无其事地说。

雪子本来在刷裤子上的灰，听见这话，她停住手。

"说什么'那就来嘛'，"她把话扔了回来，"前些日子我已去信，让他们暂时不要来。"

菊治觉得奇怪，"为什么"之流，危险的反问差点出口。忽然，他察觉到了原因——因为还没有彻底成为夫妻。雪子害怕她的父亲前来。

可是，雪子立即抬起头，望着菊治，说道："父亲不会来，希望你请他来一次。"

雪子的眼睛那样光彩夺目，菊治欣然回答："就是不请，来了的话，不是也很好吗。"

雪子索性把话说开。

"因为是女儿嫁过去的地方……不过，好像也不是那样。"

菊治是不是比雪子更害怕她父亲前来造访呢？被雪子点出之前，菊治并没有察觉到这点。结婚之后，他还没有招待过雪子的双亲和兄弟姐妹。可以说，他几乎已忘记雪子娘家还有亲戚。菊治同雪子的异常结合，竟陷入了如此状态。或者，正因并未结合，所以，雪子以外的事，他什么都无法考虑。

只是，或许，太田夫人和文子的回忆总像虚幻的蝴蝶似的，无法离开菊治的脑海，使菊治变得无力。在他脑海深处，仿佛可以看见蝴蝶在幽暗的底层飞舞。那不是太田夫人的幽灵，倒像是菊治的悔恨化身为蝶。

然而，雪子给父亲写信让他不要来这件事，足以使菊治领悟到雪子那悄无声息的悲伤与困惑。如同栗本近子也觉得不可思议。雪子不雇女佣就这样过冬，也是害怕女佣嗅到他们夫妻俩的秘密吧。

尽管如此，在菊治眼里，雪子是光彩夺目的，开朗的时候占大多数。她并非只为体贴菊治才努力呈现这个状态。

"什么时候发出那封信的？让父亲不要来的那封。"菊治问。

"唔，可能是正月初七之后吧。过年的时候，我们一起回老家来着嘛。"

"那是初三。"

"初三之后，又过了四五天，那会儿寄的吧。正月初二，父母亲都忙着接待客人，所以，妹妹一个人来拜年了。"

"对。她带着使命来的，说是希望我们第二天去横滨。"菊治也回忆起来了，"可是，写信让父亲不要来，不够稳妥呀。下个星期天，我们请他来，好不好？"

"嗯。父亲会高兴的，他一定会带着妹妹来。父亲一个人来，有什么不好意思的呢？多亏有个妹妹，帮大忙了。世事真奇妙。"

有个妹妹，雪子大概也觉得轻松些吧。毫无疑问，雪子的希望是，尽量不让父亲看到自己同菊治过着这种不像婚姻的婚姻生活。

雪子似乎已烧好洗澡水，往小浴室走时，听见她调试热水温度的声音。

"饭前洗个澡吧。"

"好，洗。"

菊治洗澡时，雪子在浴室的玻璃门外扬声问道："放在茶柜上的支票是干什么用的？"

"啊，那个，那是卖掉织部烧茶碗的钱。得把它交给栗本。"

"那只茶碗那么贵吗？"

"不，里头包括咱家那只水罐。"

"咱家那个，卖了多少？"

"大概数额的一半吧。"

"就算是一半，也是相当大一笔钱啊。"

"对。拿这笔钱买点什么呢。"

织部烧茶碗的事，雪子是知道的，昨晚散步时也谈过了。但是，志野水罐的来龙去脉，雪子一点也不了解。

雪子站在浴室的玻璃门外，说：

"不要把钱花掉，用它来买股票，怎么样？"

"股票？"

菊治很意外。

"是这样的，"雪子打开玻璃门，走进浴室，"父亲曾把相当于那一半的钱交给我和妹妹，说让我俩拿去增值。我们就存到经常出入我家的股票商那里，让他代买有把握的股票，股票跌的时候就不卖，等它涨价，涨了就把它卖掉，再买别的股票，这样就会积少成多，慢慢增值了。"

"唔。"

菊治仿佛看到了雪子娘家的家风。

"我和妹妹每天都读报上的股票专栏。"

"那些股票，你现在手头还有吗？"

"有呀。就是一直存在股票商那里，自己没见过。股票下跌的时候就不卖，因此，不会吃亏。"雪子的说法很简单。

"那么，要不要把那笔钱也存到你认识的股票商那里呢。"

菊治边笑边望着雪子。雪子罩件白色围裙，脚穿红色毛线短筒袜。

"雪子，你也进来一起暖和暖和身子，怎么样？"

雪子以眼神表露腼腆，美极了。

"我还得准备晚饭呢。"

说着，她轻快地走了出去。

四

这周的星期六，已进入三月。

父亲和妹妹明天要来，晚饭后，雪子独自一人外出采购，买了水果，还抱了一束花回家。她打扫厨房直至深夜，然后，坐在梳妆台前，长时间梳理头发。

"今天，我特别想把头发剪短。前些日子你说过，剪了也好。可是我想，让父亲看见了吃一惊，也不好，所以，只让人家做了做发型。但是，这种发型我不中意，总觉得有点滑稽。"她自言自语。

钻进被窝后，雪子依然无法平静。菊治多少有点嫉妒。父亲和妹妹要来，竟能让人如此高兴？同时，他不得不意识到，雪子这么高兴，大概是因为寂寞吧。他温柔地把她抱过来。

"你的手很凉呀。"

菊治把她的手放在自己的胸口，一只胳膊搂住雪子的脖颈，另一只手从雪子的袖口直伸到肩膀，摩挲着。

"说点儿什么吧。"

雪子松开嘴唇，动了动脑袋。

"好痒。"

说着，菊治拂开雪子的头发，将头发理到她耳后，又说：

"说点什么呢。你还记得我说过的伊豆山吗？"

"不记得啦。"

菊治忘不了。那时，他在黑暗的深渊里一边合上颤抖的眼帘一边回想起文子，想起太田夫人。通过这样的胡思乱想，是不是能够获得面对雪子的纯洁力量呢，他在拼命挣扎。明天，雪子的父亲将要到来，能不能以今晚为界呢。菊治再次试图回忆起太田夫人身上那股女人的情感波浪，然而，这只会使人越发感受到雪子的清纯。

"雪子，你讲点什么吧。"

"我没有什么可说的呀。"

"明天见到父亲，打算跟他说什么呢？"

"跟父亲嘛，到时再说呗。父亲不过是想来我们家看看而已。只要他看到我们生活得很幸福，就可以啦。"

菊治一声不响。雪子把脸贴近他的胸前，他还是一动也不动。

翌日，上午十点多钟，雪子的父亲和妹妹来了。雪子高高兴兴地干活，同妹妹说说笑笑。刚要提前开饭，栗本近子来了。

"家里来客人了吗？我见见菊治就行。"

耳边传来栗本在大门口对雪子说话的声音。菊治站起身，走了过去。

"你把那只织部烧茶碗卖掉了吗？原来，你是为了卖，才从我这里要回去的呀。既然如此，为什么要把卖掉的钱给我呢？"近子说话像连珠炮一样，"本想立刻就来问个明白，可又一想，不是星期天，你就不在家，我十分焦虑。虽然也可以晚上来，不过……"

近子从手提包里掏出菊治的信。

"这个还给你。里面原封不动地装着那笔钱，请你数一下。"

"不，我希望你原封不动地收下。"菊治说。

"我为什么要收下这笔钱呢？这是断绝关系的费用吗？"

"开什么玩笑。事到如今，我有什么理由要给你支付断绝关系的费用？"

"说得也是。就算这是笔断绝关系的款子，又何必把那只茶碗卖掉呢。再说，我收下这笔钱，也很莫名其妙。"

"那是你的茶碗，才把卖茶碗得到的钱送给你。"

"茶碗是送你的呀。你想要，且我觉得它是你们庆祝你们结婚的最好的纪念品。对我来说，它是令尊的遗物。"

"你就不能当作卖茶碗给我，把那笔钱收下吗？"

"办不到。再怎么穷困潦倒，我也坚决不能把令尊送给我的东西卖掉，更不要说是卖给菊治你。前些日子，我不是已经拒绝过了吗？再说，你不是卖给古董店了吗？如果非要我接受这笔钱，那么，我就用这笔钱把它从古董店里赎回来。"

早知如此，何必老老实实地写信告诉她，直接把卖给古董店的钱送给她就行了嘛，菊治心想。

"哎呀，请进屋吧。住在横滨的父亲和妹妹来了，没关系的。"雪子稳重地说。

"令尊？啊，是吗？正好，请让我见见他。"

近子蓦地放松下来，十分沮丧，独自一人点了点头。

译后记

"凌晨四点醒来,发现海棠花未眠"。

这个句子,若在"网络美文"之类的推荐帖里读到,多半会混迹于一些节奏柔和的语句中,成为一种单纯的罗列;然在懂其出处的人心里,它出自何人笔下,又抒发了怎样一种情感,是很清楚的。

川端康成说,海棠花未眠。译者喜白色花,也曾在失眠的凌晨两点零六分欣赏一朵悄悄开放的小茉莉,因此,这种邂逅美并因美生发感叹的心理,十分能够与之共鸣。正如有句话这样说道:

In short, Beauty is everywhere. It is not that she is

lacking to our eye, but our eyes which fail to perceive her.

——Auguste Rodin

　　简言之，美无处不在。不是她不存在于我们眼中，而是我们的眼睛疏于感知她。这是法国雕塑家奥古斯特·罗丹对美的见解。听起来似乎有些抽象。该怎样理解这句话呢？借用阿瑟·柯南·道尔爵士在 1891 年写就的《波西米亚丑闻》中的一言，即夏洛克对华生说过的一句话 "You see, but you do not observe"，看见，指某个物体或某种现象闯入视网膜，这是第一层；观察，指在此基础上调用全身感官去扫描去测量，去分析去理解，获取信息，收集数据，这是第二层。以此为分水岭，偏重理性的侦探先生会带着思考走向判断，得出一种结论；偏重感性的文人墨客则多半携带情感拥抱感知，渲染一种情绪。因此，以译者愚见，美之一字行至最后，实为一种情绪。我们尽可以用世俗规则来描述来定义它，发表"如此这般，就算是美"或"美即如此这般"等观点（瞧，下一句就应验），但在东方语境下，莫如说，美是机缘的映照，美是一种纯粹的邂逅。这可能是浸染过东方文化的人才能瞬间领悟的概念。就说川端康成的文字吧，你可以说它美，也可以说它不美。它存于世上，正好比在某个枝头上安静绽放的花朵。它和其他作家笔尖带出的花朵相比，或就与自然界中竞相绽放的海棠、茉莉或任何一种花朵相比，客观上说，都没有不同。唯有它闯入你的视网膜、引起你的观察兴趣、使你生出一种情绪时，它才在你心中真实且鲜活起来。你意识到了它，正如它意识到了你对它产生了意识。彼时，作家的心灵之花与读者的意识之花穿越时空彼此映照，恍如隔镜相视。

然而，这镜中花，并不总能轻松重叠在一起，使美显现。试举一例说明。

「柳は緑、花は紅、柳は緑、花は紅（柳绿花红真面目，万物静观皆自得）。」

「柳は緑ならず、花は紅ならず、御用心、御用心（柳未必绿，花未必红，有相虚妄，当心当心）。」

这个译法最终没有出现在定稿中。意译过重，自觉不妥，遂修改之。带有饶舌节奏的小句子，读来轻快，出自《春景》一文。1927~1930 年间，这篇分成六个章节的短篇小说问世，藉由窥探一位画家在作画心情上的转变，即在写实主义与表现主义之间的摇摆，带出"新感觉派"这一框架中的主张。"柳绿花红"本是一句禅语，"万物静观皆自得"便是顺着前句推出的。这一句，出自北宋理学的奠基者程颢笔下。举凡有形事物，应观其自然之色并加以歌颂——大约是这个意思。而这个，接近正冈子规之徒高浜虚子"对于俳句，应实时素描，客观写生"的理念。可以说，这一派，强调的是注重眼前之物，提倡以实景来幻化悟性，不提倡以虚说虚。同样，下一句中的"有相虚妄"夹在警语"柳未必绿花未必红"和"当心"之间，也属于拓展解说。"相"这个字在上一句里提示的是尊重自然的重要性，在这一句里，则提示人不可过分着相只观外在却忽略了事物的本质及潜藏的危机。这一派，希冀人们以心相作为出发点去理解眼前的事物，重主观，重感受，重内省。这两派，不因这两句话立场上的相左而必须处于互相抵触的境地。依译者愚见，这篇小说，旨在推动读者思考主客一体化这命题。最终一没一体化并不打紧，重要的是，肯思考。这两句话如同镜像一般立于彼处，而作家与读者之间能否产生连接，使镜中花也浮现于彼处，译者要负大半责任。意译固然能够点出其深层用意，然这两句到底不是诗词，在他人而言，那样处理算不算剥夺他人的思考权利呢？毕竟，抛开译者这角色，我也是一个读者。读者之一的我与读者之一的谁，若仅因我额外还有一层身份就在天平这端的砝码上加了一锭，处于中立位置的镜子就会被打破，届时，镜中花的美，又该去何处寻觅？

再举一例。

有些用词，技术上能做出转换，意境上却不易构建相同的画面感，因为这类词汇本身具有流动性，表现的是重叠或变化的概念。捕捉这种带有画面感的词语时，人的双眼更像一台摄影机，而非照相机。如《蚂蚱与金琵琶》一文中开篇即提到的「葉桜」一词，它描述的是樱花散落后嫩绿新叶几乎覆满枝头但仍有些许花瓣不愿离去的状态。即是说，抬头仰望的瞬间，大片新绿与零星柔粉共存于视野中，夏日来临。在俳句中，叶樱是初夏季语，而非春之季语。这样的一个词，保留写法另作注释也是一途，但与上一例做减法不同，此处做了加法。"花朵堪堪凋谢嫩叶已然萌生的樱树"虽因场景发生在夜晚以致"黑漆漆的"，却明示出故事发生在季节交替时，揭示了它进入"我"眼帘时的客观状态，规避了"也许是夜樱的误用"或"可能是某种樱树的学名"等误解。读者能否通过此一描述，与作者共享视野，同步感受到带有流动性的季节感呢？这种美，能否像"海棠花未眠"那样带给人怦然心动的感受呢？进一步说，这棵暗暗的樱花树，是否能与唧唧虫鸣声、河畔青草香、绽放五颜六色的光芒的手提灯笼以及快乐嬉戏的少男少女们汇聚在一处，共同勾勒出一副清新美好的水彩画作呢？自然环境中的风雅就在镜之彼端展开，它在等待一双善于发现的眼睛，等待一个安放敏感的心灵。能否通过文字搭建出这面供人穿越的镜子，于译者而言，十分重要。

与上述两例不同，有一类词语，既没有对它做减法也没有对它做加法，而是尝试将它就地拆解变更，使之符合当前语境，好比歌舞伎表演中的快速换装。

日语中的「映画」即"电影"，它的旧称是什么呢？「活动写真」。电影院则被称为「活动小屋」。

> 子时已过，我走出小客栈。姑娘们送我出门，舞女为我摆好木屐。她从门口探出头来，眺望明亮的夜空。
>
> "啊，月亮出来啦。……明天到下田，可真高兴。要给宝宝做七七，阿妈会给我买新发梳，还有好多好多事要做呢。您带我去看影戏，好不好？"

最后一句，原文是「活動へ連れて行ってくださいましね」。其中的「活動」，即「活动写真」的简称。

二十岁的"我"与十四岁的小舞女经过三天相处，心上的距离更近一步，于是，舞女带着真挚的感情，提出这一请求。本来，相较"我"这样社会地位较高的读书人，作为娱乐大众之底层人物的江湖艺人一般不会把自己摆在与世人对等的位置上，产生想要和"我"一起赴约的意识，但这，或许就是所谓的情窦初开吧。川端康成在大正七年即1918年独自一人到伊豆旅行，邂逅真实存在的小舞女，1926年即大正十五年也是昭和元年，《伊豆的舞女》写成，发表在《文艺时代》上。在此期间,「活動写真」这个词汇伴随时代的发展,是一直存在的。1888 年,movie／film 于技术层面上诞生;1895 年,法国的卢米埃兄弟改良并发明了电影放映机 cinématographe 并将其推向全世界;1896 年,这种艺术形式传入日本。随后,虽在1917年前后跟随世界潮流将相应的日语词汇定为「映画」,但直至 1935 年即昭和十年,民间依然有人使用「活動写真」一词来指代电影,文学作品等能够记录时代变迁的资料中也展现了这一面。这或许是因为,与之对应的英语词组 motion picture／moving picture 亦从未自人们的脑海和记忆中消去。川端康成作为横跨大正与昭和两个时代的小说家,无论是他本人还是他笔下的人物,于细微处稍稍带些古旧气息,应该不会予人不自然的感受,尤其是像舞女这样“梳着一种我叫不上名字的、样式古典又奇特的大发髻”的人。因此,较之“我想看电影”这种与现代人别无二致的说话方式,“我们去看影戏”这样的台词,或许更符合她的整体格调。

其实,「映画」也好「活動写真」也罢,就算一股脑儿都译成“电影”,想来亦无不可。但译者每常思考,深感翻译文学性极高的作品时,比起“译了什么”,或许“怎么译的”更重要一些。这不单单是立足自身学无止境层面上的长远追求,同时,与作者倾毕生精力字斟句酌意义等同,译者作为翻译工具人的最大存在价值,就是表现出字句背后的写作心境和时代风貌，即作者创造出的文学价值和艺术价值。

《雪国》一文中，聆听驹子弹奏三味线的岛村被她的琴音"震慑住了"，他甚至"气力尽失，只能乖乖接受驹子那艺术之流的牵引，愉快地投身于那股洪流中，尽情漂流。除此之外，别无他法"；兼作戏院的茧仓失火时，自二楼坠落的叶子"内在生命在变形"，同时，"银河仿佛哗地一声，向岛村的心坎上倾泻下来"，这样的时刻，是美的。

《古都》一文中，苗子与千重子在祇园祭上相遇，她"伸出右手，紧紧握住千重子的手"，千重子也握住她的手；在北山杉村会面时遭遇阵雨来袭，"苗子从上方护住千重子，几乎把她整个人都搂在怀里"；苗子穿着千重子为她挑选的和服与腰带来家里拜访，二人同睡一个被窝，说了很多悄悄话，这样的过程，是美的。

《千只鹤》和当年原稿因故未完成的《波千鸟》一文中，在正面白釉处用黑釉描绘蕨菜嫩芽图案的黑色织部烧茶碗表现出"山村里的情趣"，是适合早春使用的好茶碗；靛蓝色的野生牵牛花插在"古色古香的、漆面红得发黑的葫芦壁瓶"里，绿叶和蓝花垂落下来，给人一种凉爽的感觉，这样的器物，是美的。

就是在毋宁说已不再重点描绘东方之美的、反而展现许多丑陋形态的《湖》中，"湖上雾气弥漫，岸边都结了冰。冰的前方被雾气笼罩，没有边界""乘坐出租车时，司机的世界是温暖的桃粉，乘客的世界是冰冷的青绿，透过玻璃的颜色看到的世界是澄澈的""蚊帐中的萤火虫全都飞起来，萤光点点"，这样的意象，也是美的。

日本的文人十分推崇白居易，但他们更喜欢称他的字，一提起汉诗，必言白乐天。香山居士写过这么两句，叫"琴诗酒伴皆抛我，雪月花时最忆君"。无独有偶，东瀛文人对雪月花三字也有爱。

雪の上に照れる月夜に梅の花折りて送らむはしき子もがも

明月照积雪，寒空静夜笼白梅，良辰惜美景，愿得佳人长相伴，折枝为赠花自开

——《万叶集》卷 18 第 4134 首

川端康成在《我在美丽的日本》一文中写，看见雪的美，看见月的美，看见花的美，这便是人对四季之美的感悟。诚如所言，感受着无处不在的美，译者亦不忍独占，愿化身为镜，天长日久，与诸君共同凝望漂浮在宇宙万物间的情感之美。

朱娅姣